문학과지성 시인선 442

# 말들이
# 돌아오는 시간

## 나희덕 시집

문학과지성사

**문학과지성사에서 펴낸 나희덕의 시집**

사라진 손바닥(2004)

**문학과지성 시인선 442**

말들이 돌아오는 시간

초판  1쇄 발행  2014년 1월 13일
초판 20쇄 발행  2024년 9월 4일

지 은 이  나희덕
펴 낸 이  이광호
펴 낸 곳  ㈜문학과지성사
등록번호  제1993-000098호
주      소  04034 서울 마포구 잔다리로7길 18(서교동 377-20)
전      화  02)338-7224
팩      스  02)323-4180(편집)  02)338-7221(영업)
전자우편  moonji@moonji.com
홈페이지  www.moonji.com

ⓒ 나희덕, 2014. Printed in Seoul, Korea

ISBN 978-89-320-2530-8 03810

문학과지성 시인선 442

# 말들이 돌아오는 시간

나희덕

2014

한 손은 사랑에게, 다른 한 손은 죽음에게 건네려 한다.

아니다.

사랑과 죽음을 어찌 한 손으로 감당할 수 있으랴.

누추한 두 손을 모을 수밖에 없다.

내려놓을 수밖에 없다.

여린 손등은 죽음 앞에, 거친 손바닥은 사랑 앞에.


2014년 1월

나희덕

# 말들이 돌아오는 시간

차례

**시인의 말**

## 1부

## 2부

## 3부

1부

# 어떤 나무의 말

제 마른 가지 끝은
가늘어질 대로 가늘어졌습니다,
더는 쪼개질 수 없도록.

제게 입김을 불어넣지 마십시오.
당신 옷깃만 스쳐도
저는 피어날까 두렵습니다.
곧 무거워질 잎사귀일랑 주지 마십시오.

나부끼는 황홀 대신
스스로의 棺이 되도록 허락해주십시오.

부디 저를 다시 꽃 피우지는 마십시오.

# 뿌리로부터

한때 나는 뿌리의 신도였지만
이제는 뿌리보다 줄기를 믿는 편이다

줄기보다는 가지를,
가지보다는 가지에 매달린 잎을,
잎보다는 하염없이 지는 꽃잎을 믿는 편이다

희박해진다는 것
언제라도 흩날릴 준비가 되어 있다는 것

뿌리로부터 멀어질수록
가지 끝의 이파리가 위태롭게 파닥이고
당신에게로 가는 길이 조금씩 보이기 시작한다

당신은 뿌리로부터 달아나는 데 얼마나 걸렸는지?

뿌리로부터 달아나려는 정신의 행방을
정확히 알 수는 없지만

10

허공의 손을 잡고 어딘가를 향해 가고 있다

뿌리 대신 뿔이라는 말은 어떤가

가늘고 뾰족해지는 감각의 촉수를 밀어올리면
감히 바람을 찢을 수 있을 것 같은데
무소의 뿔처럼 가벼워질 수 있을 것 같은데

우리는 뿌리로부터 온 존재들,
그러나 뿌리로부터 부단히 도망치는 발걸음들

오늘의 일용할 잎과 꽃이
천천히 시들고 마침내 입을 다무는 시간

한때 나는 뿌리의 신도였지만
이미 허공에서 길을 잃어버린 지 오래된 사람

# 한 아메바가 다른 아메바를

손보다는 섬모가 좋다
인간다움이 제거된 부드러운 털이 좋다
둥글고 잘 휘어지는 등이 좋다
구불구불 헤엄치는 무정형의 등이 좋다
휩쓸고 지나가도 아무런 흔적을 남기지 않는
온순한 맨발이 좋다
한 걸음 한 걸음 옮길 때마다
매순간 새롭게 생겨나는 위족이 좋다
때로 썩어가는 먹이를 구하지만
소화시킬 수 없는 것은 다시 내보내는 식포가 좋다
맑은 물에도 살고 짠물에도 살며
너무 많은 물은 머금지 않는 수축포가 좋다
물과 공기가 드나드는 투명한 막이 좋다
일정한 크기가 되면
둘로 쪼개지는 가난한 영토가 좋다
둘로 나뉘지만 아무것도 잃어버리지 않아서 좋다

그는 사랑한 것이 아니라

어느 날 찾아온 목소리를 들었을 뿐이다

한 아메바가 다른 아메바를 끌어안았던 태고,

그 저녁의 온기를 기억해낸 것뿐이다

섬모와 섬모가 닿았던 감촉을 다시 느끼고 싶었을

뿐이다

# 풀의 신경계

풀은 돋아난다
일구지 않은 흙이라면 어디든지

흙 위에 돋은 헛바늘처럼
흙의 피를 빨아들이는 솜뭉치처럼
날카롭게 때로는 부드럽게

흙과 물기가 닿는 곳이라면 어디든지
풀의 신경계는 뻗어간다

바람이 스치기만 해도
풀은 풀과 흔들리고 풀은 풀을 넘어 달리고 매달
리고
풀은 물결기계처럼 돌아가기 시작한다
더 이상 흔들릴 수 없을 때까지

풀의 신경섬유는 자주 뒤엉키지만
서로를 삼키지는 않는다

다른 몸도 자기 몸이었다는 듯 휘거나 휘감아들인다
가느다란 혀끝으로 다른 혀를 찾고 있다

풀 속에서는 풀을 볼 수 없고
다만 만질 수 있을 뿐

제 몸을 뜯어 달아나고 싶지만
뿌리박힌 대지를 끝내 벗어나지 못해
소용돌이치는 풀,
그 소용돌이를 타고 어디론가 가고 싶고
나는 자꾸 말을 더듬고
매순간 다르게 발음되는 의성어들이 끓어오르고

풀은 너무 멀리 간다
더 이상 서로를 만질 수 없을 때까지

# 휠체어와 춤을

그래요.
그건 차라리 울음에 가까웠어요.
당신의 발도
흑인가수의 노랫소리도
흙 묻은 신발을 벗듯 울음을 털고 있었죠.
스텝을 배운 적은 없지만
휠체어에 앉은 당신에게 손을 내밀었을 때
당신은 노련한 선장처럼 웃었지요.
세상의 파도란 파도는 다 겪어본 듯한
고요한 얼굴,
음악이 다시 시작되고
우리의 발은 바닥을 울리며 번져갔지요.
찢어진 땅을 꿰매는 풀처럼
갈라진 파도를 합치는 바람처럼
한 움직임이 다른 움직임을 데려왔어요.
우리의 팔이 가까워질 때마다
당신은 땀에 젖은 얼굴로 지옥에서 돌아오고
우리의 팔이 멀어질 때마다

16

당신은 먼 천국에서 웃고 있었지요.

작고 둥근 바퀴가

당신의 두 발을 대신해 돌곤 했어요.

낯선 우리를 태운 방주는 아주 멀리 도망갔지요.

그래요.

그건 차라리 울음에 가까웠어요.

당신이 가르쳐준 스텝은.

울음이 흘러가는 길을 따라 몸을 흔들면

그대로 춤이 되던 그날의 기억은.

바다 저편

당신은 지금도 춤을 추고 있을까요.

오늘은 어떤 파도가

당신에게 손을 내밀었나요.

# 말들이 돌아오는 시간

말들이 돌아오고 있다
물방울을 흩뿌리며 모래알을 일으키며
바다 저편에서 세계 저편에서

흰 갈기와 검은 발굽이
시간의 등을 후려치는 채찍처럼
밀려오고 부서지고 밀려오고 부서지고 밀려오고

나는 물거품 속으로 걸어 들어간다

이 해변에 이르러서야
히히히히힝, 내 안에서 말 한 마리 풀려나온다

말의 눈동자,
나를 잠시 바라보더니 파도 속으로 사라진다

가라, 가서 돌아오지 마라
이 비좁은 몸으로는

지금은 말들이 돌아오는 시간
　수만의 말들이 돌아와 한 마리 말이 되어 사라지는
시간
　흰 물거품으로 허공에 흩어지는 시간

# 들리지 않는 노래

날개와 발톱이 있다면
당신은 새 - 여자

꼬리와 지느러미가 있다면
당신은 물고기 - 여자

몸이 조금씩 변해가는 줄도 모르고 있다가
어느 날 물에 비친 모습을 보았지
당신은 머리를 빗어내리며 노래를 불렀지

물거품처럼 떠가는 노래
오래전 당신이 부르던 노래
아기를 업어 재우며 부르던 노래
슬픔의 베틀 앞에 앉아 부르던 노래

피에서 솟구친 노래는 어떻게 떨어져내리나
모래언덕을 잃어버린 파도는 어떻게 출렁거리나

사랑을 잃고

그 때문에 목소리마저 잃은 당신

침묵이 가장 무거운 그물이라는 것을 알아차린 이
도 있었지


더 이상 노래를 부르지 않아도

나는 당신이 누구인지 한눈에 알아볼 수 있지


낡은 거푸집을 헤치고 날아오르느라

날개가 부러진 흔적이 있다면

당신은 새-여자


찢긴 지느러미를 지니고 있다면

당신은 물고기-여자

# 당신과 물고기

아가미를 자세히 들여다보세요
아가미가 팔딱거릴 때마다
물고기의 표정이 조금씩 변한답니다
아, 당신에게는 정교한 턱이 있군요
딱딱한 것을 씹을 수 있고
수천 가지 표정을 만들어낼 수 있는
진화의 결정적 흔적 말이에요
삶이라는 질긴 고기를 질겅질겅 씹으며
이빨을 드러내 보이는 당신,
하지만 물고기의 가시와
당신의 등뼈가 크게 다르지 않다는 걸
당신도 잘 아시잖아요
물에서 뭍으로 옮겨 오기까지
당신의 종족은 꽤 오랜 시간을 기다렸지요
팔과 다리가 없어도
지느러미가 지느러미를 만지던 걸 기억하나요
잘 생각해보세요
웃을 때 파도 소리가 나는 것은

당신 안의 물고기가 지느러미를 파닥였기 때문
화가 날 때 앞이 잘 보이지 않는 것은
당신 안의 상자해파리가 눈을 톡 쏘고 달아났기
때문
그토록 목이 마른 것은
당신 안의 물고기가 물 밖에 있기 때문
하지만 당신은 끝내 기억해내지 못하는군요
아가미와 지느러미의 시절을

# 호모 루아*

호모 파베르이기 전에
호모 루아, 입김을 가진 인간

라스코 동굴이 폐쇄된 것은
사람들이 내뿜은 입김 때문이었다고 해요
부드러운 입김 속에
얼마나 많은 미생물과 세균과 독소가 들어 있는지
거대한 석벽도 버텨낼 수 없었지요

오래전 모산 동굴에서 밤을 지낸 적이 있어요
우리는 하얀 입김을 피워 올리며
밤새 노래를 불렀지요
노래의 투명성을 믿던 시절이었어요
노래의 온기가
곰팡이를 피우리라고는 생각 못했어요
몸이 투명한 동굴옆새우들이
우리가 흘린 쌀뜨물에 죽었을지 모르겠어요

입김을 가진 자로서 입김으로 할 수 있는 일들
허공에 대한 예의 같은 것

얼어붙은 손을 녹일 수도
유리창의 성에를 흘러내리게 할 수도
후욱, 촛불을 끌 수도 있지만
목숨 하나 끄는 것도 입김으로 가능해요
참을 수 없는 악취
몇 마디 말로
영혼을 만신창이로 만들 수 있지요

분노가 고인 침으로
쥐 80마리를 죽일 수 있다니,
신의 입김으로 지어진 존재답게 힘이 세군요
그러니 날숨을 조심하세요
입김이 닿는 순간 부패는 시작되니까요


\* Homo Ruah. 'Ruah'는 히브리말로 '숨결' '입김'을 뜻함.

25

# 어둠이 아직

얼마나 다행인가

눈에 보이는 별들이 우주의
아주 작은 일부에 불과하다는 것은

눈에 보이지 않는 암흑물질이
별들을 온통 둘러싸고 있다는 것은

우리가 그 어둠을 아직 뜯어보지 못했다는 것은

별은 어둠의 문을 여는 손잡이
별은 어둠의 망토에 달린 단추
별은 어둠의 거미줄에 맺힌 밤이슬
별은 어둠의 상자에 새겨진 문양
별은 어둠의 웅덩이에 떠 있는 이파리
별은 어둠의 노래를 들려주는 입술

별들이 반짝이는 동안

눈꺼풀이 깜박이는 동안
어둠의 지느러미는 우리 곁을 스쳐가지만
우리는 어둠을 보지도 듣지도 만지지도 못하지

뜨거운 어둠은 빠르게
차가운 어둠은 느리게 흘러간다지만
우리는 어둠의 온도도 속도도 느낄 수 없지

얼마나 다행인가
어둠이 아직 어둠으로 남아 있다는 것은

# 그날의 불가사리

너는 살아 있을 때 보랏빛이었지.
물결 속에서 빛나던 별,
너는 쇠를 먹고 자란다는 이야기를 들었어.

온몸이 팔로 이루어진 너는
팔이 잘리면 다시 돋아난다고 했지.
어떤 무기로도 죽일 수 없다고 했지.

어느 날 해변에 밀려든 불가사리 떼,
너는 빛을 잃은 별처럼 모래 위에서 시들어갔어.
햇빛에 닿는 순간 딱딱해졌지.

네 피가 마르기 전에
우리는 구멍을 뚫어 목걸이를 만들었어.

모래로 빚은 너의 무덤,
우리가 갖고 놀던 별은 모래 속에 던져졌고
하늘의 불가사리는 더욱 빛났지.

불가사리라는 불가사의가 사라진 해변,
그날의 불가사리는 어디 있을까

희고 달콤한 모래 속에?
천장이 없던 기억의 창고 속에?
우리가 물을 긷던 그 섬의 우물 속에?
별들의 노래 속에?

# 밀랍의 경우


밀랍은 더 이상 희지 않고
향기롭지 않으며
손으로 만지거나 두드릴 수 없다

어떤 불길이 밀랍을 녹여버렸기 때문이다

밀랍에 희미하게 남아 있는
아카시아꽃 향기, 벌들의 날갯소리, 햇살과 바람,
누구도 그것을 기억하지 못한다

그래도 밀랍은 밀랍일 수 있을까

우리가 기억하는 것은
밀랍 자체보다
밀랍이 거기 있었다는 사실이다

뜨거운 밀랍은
이제 어디로든 흘러내릴 수 있고

어떤 형태로든 반죽될 수 있다

한 자루의 초가 되거나
한 조각의 비누가 되거나
한 사람의 밀랍인형이 되거나
밀랍은 서서히 굳어가며 다른 어떤 것이 된다

그래도 밀랍은 밀랍일 수 있을까

우리가 아는 것은
밀랍 자체보다
밀랍이 곧 녹거나 닳아 없어질 것이라는 사실이다

# 무언가 부족한 저녁

여기에 앉아보고 저기에 앉아본다
컵에 물을 따르기도 하고 술을 따르기도 한다

누구와 있든 어디에 있든
무언가 부족하게 느껴지는 저녁이다
무언가 부족하다는 것이 마음에 드는 저녁이다

저녁에 대한 이 욕구를 어떻게 설명할 수 있을까

교차로에서, 시장에서, 골목길에서, 도서관에서,
동물원에서
오래오래 서 있고 싶은 저녁이다

빛이 들어왔으면,
좀더 빛이 들어왔으면, 그러나
남아 있는 음지만이 선명해지는 저녁이다

간절한 허기를 지닌다 한들

너무 밝은 자유는 허락받지 못한 영혼들이
파닥거리며 모여드는 저녁이다

시멘트 바닥에 흩어져 있는 검은 나방들,
나방들이 날아오를 때마다
눅눅한 날개 아래 붉은 겨드랑이가 보이는 저녁이다

무언가, 아직 오지 않은 것,
덤불 속에서 낯선 열매가 익어가는 저녁이다

2부

# 취한 새들

청포도주 얼룩과 토사물들이
키와 갈고리에서 흩어지며 날 씻었다네
——아르튀르 랭보, 「취한 배」

멀지 않은 곳에서
어린 새들이 죽은 채 발견되었다

비둘기의 발걸음으로 다가와
까마귀의 날갯짓으로 끝이 나는 사건들
새의 떼죽음도 그런 사건들 중 하나
출근길의 교통사고처럼 곧 잊히고 마는 일

푸르르 날아오르던 새들은
어디로 갔나
곡식알처럼 흩뿌려져도 부딪치는 법이 없던 새들은

마가목 열매 때문이었다
얼었다 녹았다 하면서 발효된 열매,

붉고 둥근 칼집 속의 칼날이 새들의 영혼을 쪼개버
렸다

천국에서 불어오는 바람 앞에
기우뚱거리는 날개를 미처 접지 못한 새들

자라기도 전에 날개가 꺾여버린
하늘의 익사체들,
새들에게 치사량의 알코올은 얼마쯤 될까

취한 새들은 곤두박질쳐서
벽에, 유리창에, 전선에, 다른 새들의 몸에 부딪쳤
을 것이다
찢어진 북소리처럼 날갯소리 들렸을 것이다

그 순간 새들은
하늘의 착란을 이해하게 되었는지도 모르지
땅에 뒹구는 마가목 열매를 사랑하게 되었는지도

물에 취한 배도 있으니

포도주의 얼룩으로만 씻기는 몸도 있으니

# 그날 아침

너는 잔에 남은 붉은 포도주를
도로에 다 쏟아버렸다

몇 방울의 피가 가로수에 섞이고
유리조각들이 아침 햇살에 다시 부서졌다
빛의 쐐기들이 눈에 박혔다

핏자국마다 이슬이 섞여
잠시 네가 뭐라고 말하는 것 같았다
오래전 너와 함께 듣던 종소리가 들리는 것 같았다

마른 풀 위로 난 바퀴 자국,
황급히 생을 이탈한 곡선이 화인처럼 찍힌 아침

몇 가지 소지품이 우리에게 인도되었다
외투와 시계와 주민등록증과 휴대전화와 십자가 목
걸이가
네 마지막 순간을 함께한 전부였다

우리는 복도에 우두커니 앉아
너의 부재 증명을 기다렸다
정말 너는 사라진 것인지,
그들이 발급해준 서류를 믿을 수가 없었다

사체보관실 문이 열리고
너는 침대에 누워 아무 말도 하지 않았다

그래도 이 외투는 입고 가렴,
네가 가야 할 먼 길이 추울지도 모르니

# 피부의 깊이


마치 잠이 든 것 같았다 너는
확신에 찬 꿈을 꾸면서
어디 먼 곳을 날고 있는 것처럼 보였다

그러나 네 눈과 뺨과 팔과 다리를 쓸어내리니
싸늘한 돌멩이를 만지는 것처럼
냉기가 손끝을 파고들었다

네 삶을 봉인한 자루 속에
다른 세계의 빙산이 떠다니고 있었다
그 침묵의 벽을 탕 탕 쳐보지만
단 한 마디 메아리도 돌아오지 않았다
뜨거운 눈물을 흘려보내지만
단 한 줄기 물도 녹아내리지 않았다
나사로여, 일어나 걸으라, 걸으라, 소리쳐보지만
단 한 걸음도 움직이지 않았다

너를 만진 손으로 내 얼굴을 감싸쥐었다

희로애락으로 출렁거리는 표면,
오직 너의 잠든 얼굴만이 잔잔하였다

피부란 얼마나 깊은 것인가

# 불투명한 유리벽

아침에 눈을 뜨는 순간 찰칵,
네 얼굴이 켜졌어
누가 기억의 스위치를 누른 것일까

그러나 이내 네 얼굴은 꺼지고
깨진 유리조각들이 사방에서 모여들었지

네가 쓰다 만 페이지,
자동차 바퀴가 멈춘 곳에서 유리벽은 자라나
점점 불투명해지고 단단해졌어

새소리가 나를 일으키지 못하고
눈부신 햇살도 유리벽을 뚫고 들어오지 못하는
지금 여기는 어디일까

난파된 배처럼 가라앉는 방

거기 춥지 않아? …… 어둡지 않아? …… 무섭지

않아?

성에 긴 유리벽을 향해 하염없이 중얼거렸어
까마득한 곁에 누운 너를 향해

감긴 네 눈을 감겨주고
닫힌 네 입술을 어루만져주고
굳은 네 손과 발을 쓸어주고
식은 네 가슴에 흰 꽃을 놓아주고

그렇게 몇 시간을 누워 있었을까

간신히 몸을 일으켜 욕실로 갔어
물을 틀었어
뜨거운 물이 몸 위로 흘러내리고
불투명한 유리벽이 천천히 녹아내렸어
네 얼굴처럼

# 다시, 다시는

문을 뜯고 네가 살던 집에 들어갔다
문을 열어줄 네가 없기에

네 삶의 비밀번호는 무엇이었을까
더 이상 세상에 세 들어 살지 않는 너는 대답이 없고
열쇠공의 손을 빌려 너의 집에 들어갔다

금방이라도 걸어 나갈 것 같은 신발들
식탁 위에 흩어져 있는 접시들
건조대에 널려 있는 빨래들
화분 속 말라버린 화초들
책상 위에 놓인 책과 노트들

다시 더러워질 수도 깨끗해질 수도 없는,
무릎 꿇고 있는 물건들

다시, 너를 앉힐 수 없는 의자
다시, 너를 눕힐 수 없는 침대

다시, 너를 덮을 수 없는 담요

다시, 너를 비출 수 없는 거울

다시, 너를 가둘 수 없는 열쇠

다시, 우체통에 던져질 수 없는, 쓰다 만 편지


다시, 다시는, 이 말만이 무력하게 허공을 맴돌았다


무엇보다도 네가 없는 이 일요일은

다시, 반복되지 않을 것이다

저 말라버린 화초가 다시, 꽃을 피운다 해도

# 묘비명

석수장이에게 이렇게 새겨 달라고 부탁했다

내 눈빛을 꺼주소서,
그래도 나는 당신을 볼 수 있습니다.*

저편의 어둠 속에서도
네가 사랑했던 것들을 볼 수 있기를 바라며

어눌하게 새겨진 글자 속으로
비바람이 다녀가고
그럴 때마다 말은 조금씩 어두워졌다

누군가 심어두고 간 튤립이 흙 속에서
손을 내밀 듯 꽃을 피우고

내 눈빛을 꺼주소서,
그래도 나는 당신을 볼 수 있습니다.

꽃의 눈망울이 그렇게 말하는 것 같았다

흙 속에 뿌리내린 네가


* 릴케의 『기도시집』에서.

# 달개비꽃 피어


너의 말은 아마도
달개비꽃에 가까울 거라는 생각

자꾸만 뒷걸음질치다가
더 이상 물러날 곳을 찾지 못해 피어난 꽃

낮고 습한 곳에서
입술을 달싹이는 푸른 꽃

몸을 숙여 손을 뻗어보지만
너무 푸르스름해 끝내 만지지 못한 꽃

죽음의 눈 또한
왠지 푸른빛일 거라는 생각

수줍은 네 피가 식어
무덤 위에 내려앉은 북두칠성처럼

겨울의 죽음에도

어느덧 여름이 왔음을 알리는, 그 별빛

## 상처 입은 혀

너는 혀가 아프구나,
어디선가 아득히 정신을 놓을 때
자기도 모르게 깨문 것이 혀였다니
아, 너의 말이 많이 아프구나

무의식중에라도 하고 싶었던,
그러나 강물처럼 흐르고 또 흘러가버린,
그 말을 이제야 듣게 되는구나
고단한 날이면 내 혀에도 헛바늘처럼 돋던 그 말이
오늘은 화살로 돌아와 박히는구나

얼마나 수많은 어리석음을 지나야
얼마나 뼈저린 비참을 지나야
우리는 서로의 혀에 대해 이해하게 될까

혀의 뿌리와 맞닿은 목젖에서는
작고 검고 둥글고 고요한 목구멍에서는
이제 아무 소리도 나지 않는다

말이 말이 아니다

독백도 대화도 될 수 없는 것
비명이나 신음, 또는 주문이나 기도에 가까운 것

혀와 입술 대신
눈이 젖은 말을 흘려 보내는 밤
손이 마른 말을 만지며 부스럭거리는 밤

너에게 할 말이 있어
아니, 더 이상 할 수 있는 말이 없어
이생에서 우리가 주고받을 말은 이미 끝났으니까

그러니 네 혀가 돌아오더라도
끝내 그 아픈 말은 들려주지 말기를

그래도 슬퍼하지 말기를,
끝내 하지 못한 말은 별처럼 박혀 있을 테니까

# 그들이 읽은 것은

교도소는 장례식장과 청과물시장 사이에 있었다
썩어가는 것과 시들어가는 것 사이에

두 개의 초소와 세 개의 철문
호송버스와 승용차
열리는 문과 열리지 않는 문
푸른 수의와 검은 재킷
스무 살의 청년과 칠순의 노인
감옥인 학교와 학교인 감옥
『밤의 대통령』과 『유리병 편지』
꽃봉오리와 노다지
소나비를 맞은 기억과 매를 맞은 기억
보름달과 스무 권의 노트
어머니를 떠올리는 남자와 어머니였던 여자
울먹이는 말과 고개 숙인 생각
환한 방에 대한 상상과 어두운 방의 공포
죽음의 그림자와 애인의 얼굴
느릅나무와 플라타너스

불가능한 대화와 불충분한 대화
비에 젖은 창문과 빗물조차 들어올 수 없는 복도
우산을 든 손과 들지 않은 손

그럼에도 불구하고 수인과 시인은 함께 읽었다
비에 젖은 몇 편의 시를

# 마비된 나비

두번째 손가락과
세번째 손가락이 움직이지 않아

네번째 손가락으로
차가운 돌 기운 같은 게 퍼져가고 있어

손가락 두 개를 잃고
그는 자기만의 연주법을 고안해냈다
재앙인지 축복인지 알 수 없지만
그의 연주가 마비 이전과 달라졌다는 것은 분명하다

네번째 손가락마저 굳어지면
그의 음악은 어둠에 한층 가까워질 것이다

그는 사라지려는 것처럼 연주하고
사라지면서 연주하고
사라진 후에도 연주를 멈추지 않을 것이다

가슴을 관통한 핀과
포르말린 냄새에 갇혀 있던 나비들

그의 손끝에서 풀려난 음들이
절뚝절뚝 허공에 파동을 그리며 날아올랐다

마비와 나비 사이에서
침묵과 음악 사이에서

그가 연주할 때마다
손은 어둠의 저울추처럼 미세하게 흔들렸다

## 식물적인 죽음

— 故 김태정 시인을 생각하며

창으로 빛이 들면
눈동자는 굴광성 식물처럼 감응했다
그녀의 얼굴에서 빛이 희미해져갈 때마다
숨소리는 견딜 수 없이 가빠졌다

삶의 수면 위로 뻐끔거리는 입,
병실에는 그녀가 광합성으로 토해놓은 산소들이
투명한 공기방울이 되어 떠다녔다

식물에 가까워지고 있는지
공기방울에서는 수레국화 비슷한 냄새가 났다

천천히 시들어가던 그녀가
침대 시트의 문양처럼 움직이지 않게 되었을 때
빛을 향해 열렸던 눈과 귀가 닫힌 문처럼 고요해졌
을 때

이제 남자도 여자도 아닌,

사람도 사물도 아닌, 그 누구도 아닌, 오로지
한 떨기 죽음으로 완성된 그녀

죽음이 투명해질 때까지
죽음을 길들이느라 남은 힘을 다 써버린 사람

모든 발걸음이 멈추고
멀리서 수레국화 한 송이 피어나기 시작했다

# 겨우 존재하는

숨을 쉬기가 어려워요.

폐에서 물 좀, 물 좀, 빼주세요.

숨 막혀서 못 견디겠어요.

도와줘요, 제발.

폐 속에는 물이 아니라 피가 흥건해요.

깊은 바다에 들어와 있는 것 같아요.

익사하고 싶지 않아요.

숨만 제대로 쉴 수 있다면 죽어도 좋아요.

영영 눈을 감아도 좋아요.

숨만 차지 않으면 집에 돌아갈 수 있을 텐데.

마루에 기대앉아 쉴 수 있을 텐데.

나는 원해요, 한 줌의 산소를.

아니, 원하지 않아요, 심장의 규칙적인 몸부림을.

산소공급기를 꽂고도 헐떡거리는 심장.

이런 심장으로 어떻게 더 버틸 수 있겠어요.

어제도 뜬눈으로 밤을 보냈어요.

이 고통스러운 노래는 언제쯤 고요해지려는지.

귓속에서 수군거리는 그들.

쿵쿵거리는 발걸음들.

유리창 사이에서 파닥거리는 나방.

멀리서 우는 물푸레나무.

아무것도 담을 수 없는 깨진 그릇.

침대에서 쪼그린 채 견뎌야 하는 수많은 밤들.

희미하게 밝아오는 창문들.

이제, 그만, 그만, 문을 닫고 싶어요.

겨우 여기까지 왔는데, 얼마나 더 가야 하나요?

저 검은 바다를 어떻게 건너야 하나요?

세상에서 가장 모진 것은 숨 쉬는 일이에요.

산소가 점점 희박해지고 있어요.

제발, 저, 좀, 도와주세요.

## 그곳과 이곳

지금 그곳에 내가 있다면
사흘째 폭설이 내리는 그곳에 있다면

그러나 이곳은 사흘째 비가 내리고
나는 그곳에서 혼자 걷고 있는 상상을 하고

설원을 헤매는 동안
시간은 접시의 물처럼 자꾸 증발하고

이곳이 오늘의 비등점이라면
수없이 들끓고도 도달할 수 없는 비등점이라면

그곳에 내리는 눈은
끓는 물에 뛰어드는 순간 녹아버리고

그곳이 오늘의 결빙점이라면
수없이 얼어붙고도 도달할 수 없는 결빙점이라면

이곳에 내리는 비는
얼음에 닿는 순간 얼어버리고

그곳과 이곳 사이에는
결빙점과 비등점 사이에는
얼마나 많은 눈과 비와 얼음과 물과 현기증이 있
는지

# 흙과 소금

소금이 햇빛에 반짝였다
태고의 기억이 떠올랐다는 듯

수표면의 기억을 흰 눈썹처럼 지닌 바위들,
아주 먼 옛날
소금호수는 바다의 일부였다고 한다

호수 밑바닥에는
흙과 소금이 함께 누워 있었다

우리는 끝없이 펼쳐진 소금호수를 걸어 다녔다
아가미도 지느러미도 없이
몇 번은 미끄러지면서 무릎이 깨지면서

썩지 않는 것들의 냄새,
돌처럼 단단해진 소금기둥들,
절망과 희망이 뒤섞여 들려오는 노래,
소금밭 위로 떠가는 구름,

또는 낡은 신발 끝에 하얗게 묻어나는 시장기

소금 결정을 조금 떼어 입에 넣었다
희고 짜디짰다
흙 알갱이들이 따라 들어와 혀끝에 버석거렸다

소금은 녹고 흙만 남았다

3부

# 그러나 밤이 오고 있다


질주하는 차들은 그녀를 보지 못할 것이다
그럼에도 도로변에 누워 있는 것은
식당의 환풍구에서 나오는 더운 바람 때문이다
그 식당은 가장 늦게 문을 닫는 편이다
음식 냄새가 시장기를 자극하지만
무디어져가는 감각과 의지를
그렇게라도 일깨울 필요가 있다고 그녀는 생각한다
냄새에 따라 어떤 음식일지 상상해보면
식탁을 가졌던 시절이 어렴풋이 떠오르기도 한다
필요 없는 것들로 불룩한 아이의 주머니처럼
상상의 식탁은 음식으로 가득 찬다
음식에서는 이내 죽음의 냄새가 나기 시작한다
하나밖에 없는 담요는 개를 감싸주고
담요에 싸인 개가 살아 있는 담요가 되어주지만
밤이 오기 전에
온기와 냄새를 좀더 비축할 필요가 있다
그래도 오늘은 운이 좋은 편이다
따뜻한 커피를 건네준 사람이 있었으니까

커피가 식기 전까지 세상은 그럭저럭 마실 만했다
그러나 밤이 오고 있다
여우의 눈동자를 지닌 밤이 오고 있다
물론 그녀는 밤에 움직이는 것들을 잘 알고 있다
길 잃은 개들과 고양이들, 또는
쓰레기통을 뒤지고 달아나는 여우들,
술 취한 남자들이 갈기고 간 오줌 냄새와
변태성욕자들, 또 다른 노숙의 달인들에 관해
동물적인 감각으로 익혀온 바가 있다
그러니 어젯밤이 지나갔듯이 오늘밤도 지나갈 것
이다
갈라진 시멘트의 혈관에서 냉기가 흘러나온다
그녀는 자벌레처럼 몸을 굽혔다 뻗는다
벌거벗은 한 뼘의 땅 위에
약간의 빛과
굴광성의 영혼이 남아 있음을 확인하려는 듯
환풍구를 향해 길게 숨을 들이쉰다
잠든 개를 천천히 쓰다듬는다

이 온기가 남아 있는 동안은 견딜 만하다고 중얼거
리면서

# 명랑한 파랑


한 개의 청바지는 열두 조각으로 만들어지지
또는 열다섯 조각 열일곱 조각

안팎이 다르게 직조된 靑처럼
세계는 흑백의 명암을 선명하게 지니고 있어

질기디질긴 그 세계는
일부러 찢어지거나 해지게 만드는 공정이 필요해

한 개의 청바지가 만들어지기까지
얼마나 많은 손에 푸른 물이 들어야 하는지,
그러나 그들은 정작 자신이 만든 청바지 속에 들어
가보지 못했지

그들의 자리는 열두 조각 중 하나,
또는 열다섯 조각 중 하나, 열일곱 조각 중 하나

명랑한 파랑을 위해

질기디질긴 삶을 박고 있을 뿐
미싱 위에서 부표처럼 흔들리며 떠다니고 있을 뿐

푸른 혓바닥처럼 쌓여 있는 피륙들
조각과 조각이 등을 대고 만나는 봉제선들
주머니마다 말발굽처럼 박히는 스티치들
우연처럼 나 있는 흠집이나 구멍들
뜨겁게 돌아가는 검은 선풍기들, 검은 눈들
방독면을 쓰고 염색약을 뿌리는 사람들
탈색에 쓰이는 작은 돌멩이들
세탁기에서 나와 쭈글쭈글 말라가는 청바지들

다리미실을 지나 한 점 주름 없어지는 세계
마침내 라벨을 달고 포장을 마친
명랑한 파랑

# 아홉번째 파도

오늘 또 한 사람의 죽음이 여기 닿았다
바다 저편에서 밀려온 유리병 편지

2012년 12월 31일
유리병 편지는 계속되는 波高를 이렇게 전한다

42피트 ………… 쌍용자동차

75피트 ………… 현대자동차

462피트 ………… 영남대의료원

593피트 ………… 유성

1,545피트 ………… YTN

1,837피트 ………… 재능교육

2,161피트 ………… 콜트-콜텍

2,870피트 ………… 코오롱유화

부서진 돛대 끝에 매달려 보낸
수많은 낮과 밤, 그리고 계절들에 대하여
망루에서, 광장에서, 천막에서, 송전탑에서, 나무

끼는 손들에 대하여

　떠난 자는 다시 공장으로, 공장으로,

　남은 자는 다시 광장으로, 광장으로, 떠밀려가는
등에 대하여

　밀려나고 밀려나 더 물러설 곳 없는 발들에 대하여

　15만 4,000볼트의 전기가 흐르는 電線 또는 戰線
에 대하여

　어디에도 보이지 않는 불빛에 대하여

　사나운 짐승의 아가리처럼

　끝없이 다른 파도를 물고 오는 파도에 대하여

　결국 산 자와 죽은 자로 두동강 내는

　아홉번째 파도에 대하여


　파도가 휩쓸고 간 자리에 남겨진

　젖은 종이들, 부서진 문장들


　그들의 표류 앞에 나의 유랑은 덧없고

　그들의 환멸 앞에 나의 환영은 부끄럽기만 한 것

더 이상 번개를 통과시킬 수 없는

낡은 피뢰침 하나가 해변에 우두커니 서 있다

# 삼 분과 삼 분의 일

신호등 앞에서 그를 떠올린다
삼 분도 되기 전에 파란불로 바뀌는 신호등 앞에서

인생의 삼 분의 일을
이스라엘군 초소 앞에서 기다린다는 시인을
검문을 받기 위해 종일 뙤약볕에 서 있는 그를
또 다른 삼 분의 일은
팔레스타인 사람이 살아 있다고 외치는 데 바치고
침묵과 절규로부터 살아남은 삼 분의 일만이
시인에게 허락된 시간이라는 것을

삼 분과 삼 분의 일 사이에서
한 생애가 흘러가고 파란불이 들어오고 길을 건넌다
그를 거기 남겨두고
세계의 밑바닥에, 우리 자신의 밑바닥에* 남겨두고

* "우리는 내려가 세계의 밑바닥에, 우리 자신의 밑바닥에 닿았
  다."(자카리아 무함마드, 「귀환」, 『팔레스타인의 눈물』)

# 수레의 용도

저에게는
늙은 어머니와 이 수레가 있을 뿐입니다.
어머니는 걷지 못하고
우리는 아침 먹을 돈이 없습니다.

어머니에게 아침을!

아침 일찍 한 소년이
수레에 어머니를 태우고 거리를 돌며 소리쳤다
조금은 절박하게

행인들이 동전을 던져 넣을 때마다
수레 속의 어머니는
눈을 감은 채 머릿수건을 감싸쥐었다

덜컹거리며, 덜컹거리며, 우유병처럼 실려가는 어
머니

어머니에게 아침을!
어머니에게 아침을!

소년의 목소리가 멀어지고
저만치 언덕을 오르는 두 사람이 보였다

오르막에서 소년이 수레를 밀어올리느라 끙끙거리자
보다 못한 어머니가 수레에서 내려섰다

소년과 어머니는 언덕을 넘었다
조금은 경쾌하게, 빈 수레를 나란히 밀어올리며

## 여우와 함께 살기

여우가 아이를 물곤 하지만
이 나라의 법은 여우 사냥을 금하고 있다
붉은 야생동물이 남아 있다는 것이
어떤 관용의 증표라도 되는 듯
사람들은 뒷마당을 들락거리는 여우에게 관대하다
외국인이 유난히 많은 도시에서
여우처럼 근근이 살아가는 법을 배우고 있다
더 이상 위험하지 않은,
길들일 수도 내칠 수도 없는 존재가 되어
세금을 내고 도서관에 가고 갤러리에 가고 산책을
한다
밤마다 들리는 여우 울음소리에 익숙해져간다
바비큐 파티를 하고 고기를 남겨두지 않으면
정원을 온통 헤집어놓는 여우도,
취객처럼 꼬리를 흔들며 홍얼거리는 여우도,
지하철에 올라타는 여우도 있다
문명화된 여우도 도심에서는 종종 길을 잃는다
이 유쾌하고 호기심 많은 이웃은

거리에서 마주쳐도 도망치는 법이 없다

행인을 물끄러미 바라보다가

불 꺼진 가게 앞을 기웃거리다가

도로를 유유히 가로질러 방책 너머로 사라지는 여우,

런던의 밤길을 걷다 보면

내가 길 잃은 여우 같다는 생각이 든다

여우와 함께 사는 법을 터득하면서

과묵한 이웃의 시선에서 점점 많은 것을 읽어내고

여우를 만나면 인사를 잊지 않는다

안녕, 여우!

이따금 여우가 집 안으로 뛰어들고

죽은 쥐나 고양이를 현관에 물어다 놓지만

그래도 여우가 없는 풍경이라니,

여우가 사라진 삶이라니,

사람들은 고개를 내저으며 오래된 숲으로 걸어간다

# 그의 뒷모습

그 도시를 떠나기 전
벼룩시장에서 헐값에 산 중고의자를 버리러 갔다
의자 하나 버리러 거기까지 가야 한다니,
정말 불편하고 비효율적인 나라라고 투덜거리며
쓰레기처리장을 물어 물어 찾아갔다
아랫배가 터진 의자는 톱밥을 쿨럭쿨럭 쏟아냈다
직전에 버려진 의자는 다리 한쪽이 부러져 있었다
냉장고는 냉장고끼리, 에어컨은 에어컨끼리,
세탁기는 세탁기끼리, 가전제품들은
허공에 플러그를 꽂은 채 폐기될 순서를 기다렸다
죽은 시각을 정확히 기억하고 있는 시계들은
손가락으로 각기 다른 시각을 가리켰다
썩을 수 없는 것들은 대체로 완고한 얼굴을 가졌다
저편에는 썩어가는 것들의 거대한 묘지,
산처럼 쌓인 쓰레기 위로
트럭은 색색의 비닐봉지를 울컥울컥 토해냈다
신선한 쓰레기 주위로 갈매기들과 까마귀들이 몰려
들었다

썩은 고기를 찾아 비닐봉지를 쪼아대는 부리들,
격렬하게 부딪치는 흰 날개와 검은 날개,
끼룩끼룩, 까악까악, 울음소리도 공중에서 뒤엉켜
나뒹굴었다
진동하는 악취에 차들은 쓰레기를 부려 놓자마자
달아났다
그곳에서는 모든 길이 일방통행이었다


해가 뉘엿 넘어가는데
의자 하나 버리러 갔다가 보고 말았다
그의 뒷모습을
흰 날개와 검은 날개로 가득 찬 묵시록의 하늘을

# 신을 찾으러

검은 부츠를 그곳에 두고 왔다

뒤늦게 신을 찾아가라는 연락을 받았지만
너무 오래 신어서 이젠 없어도 된다고 대답했다

낡은 벽장 제일 아래 칸,
신은 지금도 어둠에 갇혀 있을까

신이 나를 부르셨다,고 말하는 사람들을 만났다
조용히 빛나는 눈과
밤하늘에 울려 퍼지는 합창 소리,
백합 한 송이를 쥐며 온화하게 웃는 사람들

신을 벗어야 신을 만날 수 있는
불꽃나무의 영토를 그들은 알고 있을까

아일린은 말했지
신의 나라는 멀리 있지 않다고

지상의 하루하루, 피 흘리는 싸움 속에 있다고

데이비드는 바울에 대해 말했지
다마스커스의 빛에 눈멀어 말에서 떨어진 사람
신의 신으로 십 년 넘게 떠돌았던 사람
질그릇으로 빚어진,
질그릇처럼 깨지기 쉬운,
때로는 질그릇에서 엎질러진 물 같은 사람
그래서 더 이상 젖지 않게 된 사람

그곳의 하늘에는 북극광이 흘러가고 있었다
처음 본 빛이었다

빛은 어디서 오는가,
빛은 도둑처럼 찾아온다고 했지만
삶은 검은 부츠처럼 낡아가고
꿈에서나 중얼거린다
그곳에 가야 하는데 신을 찾으러 가야 하는데

# 대장간에서의 대화

### 1

망치와 모루가 만나는 것은 등을 돌릴 때뿐이군요.
그것도 궁합이라면 궁합이지요.

### 2

화덕에서 달군 쇠를 메질하고
담금질하고 메질하고 담금질하고 메질하고
그렇게 다듬어질 수밖에 없는 것들이 있습니다.

### 3

수많은 철의 자식들이 이곳에서 태어납니다,
이 뜨거운 아궁이 속에서.
망치와 모루 사이에서.

### 4

모루의 둥근 뿔은 어디에 쓰지요?
그건 주로 굽은 쇠를 두드릴 때 사용합니다.

5

칼과 낫은 여섯 번,
쇠스랑은 아홉 번 담금질을 합니다.
날을 가진 것들은 대체로
불과 물, 천국과 지옥 사이를 오가며 만들어지지요.


6

강철 속에 불의 심장을 가두기 위해서는
물이, 차가운 물이 필요해요.


7

땀을 많이 흘리시는군요.
신도 대장간에서는 땀을 흘립니다.

## 진흙의 사람

아일랜드에서는 이런 점을 친다지
접시에 반지, 기도서, 물, 진흙, 동전을 담아
눈을 가린 술래에게 하나를 집게 하는데
반지를 집으면 곧 결혼하게 하고
기도서를 집으면 수도원에 가게 되고
물을 집으면 오래 살게 되고
진흙을 집으면 곧 죽게 되고
동전을 집으면 엄청난 부자가 된다지
내가 집어든 것은 진흙,
차갑고 축축하고 부드러운 질감이
손끝에 느껴질 때
그것이 죽음이 만져지는 순간이라는 것을
알아차리고는 조금 놀라기도 하지
그러나 우리는 오래전 진흙으로 빚어진 사람,
아침마다 세수하며 그 감촉을 느끼곤 하지
물로 씻어내는 동안 조금씩 닳아가는 진흙 마스크를
잘 마른 수건으로 닦아내면서
아무렇지도 않은 듯 하루를 시작하지

아일랜드에 가지 않아도

반지, 기도서, 물, 진흙, 동전을 담은 접시는

식탁이나 선반 위에 늘 놓여 있지

내가 집어든 것은 진흙,

그것으로 빚을 수 있는 많은 것들이 있고

진흙이 마르는 동안 갈라지는 슬픔 또한 기다리고

있으니

나는 눈 어두운 진흙의 사람,

그러니 내 손이 진흙을 집어들더라도

부디 놀라지 말기를!

가렸던 눈을 다시 뜬다 해도

나는 역시 한 줌의 진흙을 집어들 것이니!

# 밤 열한 시의 치킨샐러드

더블린의 밤, 불 켜진 집이라고는
취객들을 상대로 한 패스트푸드점뿐이었다
커다란 체스판 무늬의 바닥은
방금 물청소를 끝낸 듯 반짝거렸고
나는 지친 말처럼 의자에 주저앉았다
체스판 저쪽의 한 남자,
리본 달린 머리띠를 둘러 여자처럼 보이기도 했다
그는 누구를 기다리는 듯 창밖을 보며
치킨샐러드를 천천히 되새김질했다
잠시 후 한 남자가 들어왔고
치킨샐러드를 먹던 남자는 훌쩍거리기 시작했다
울다 웃다 울다 웃다
두 남자는 마침내 끌어안고 키스를 길게 나누었다
남자의 혀와 남자의 혀가 엉기는 동안
침과 침이 섞여드는 동안
그들의 입속에서 밀려다니고 있을
닭가슴살과 양상추와 파프리카와 콘플레이크,
누르스름한 머스터드 소스,

서로의 혀와 팔에서 풀려난 그들은

남은 치킨샐러드를 먹어치웠고

정작 먹먹해진 것은 체스판 이쪽의 관찰자였다

주문한 햄버거가 나왔지만

한두 번 베어먹다 내려놓고 말았다

벽시계의 분침과 시침이 11에서 잠시 겹쳤다 멀어

졌다

# 국경의 기울기

국경은 수평으로 된 수직,
통로인 동시에 장벽이 되기도 하는 곳

새떼는 자유롭게 넘나들지만
비행기는 쉽게 착륙할 수 없는 곳

하수구의 물은 뒤섞여 흘러가지만
생수 한 병은 자유롭게 건너갈 수 없는 곳

사랑하는 사람을 만나기 위해
사랑하지 않는 사람과 결혼하기 위해
누군가를 배신하기 위해
배신의 대가를 치르지 않고 살아남기 위해
위험하거나 안전한 장사를 위해
불법체류를 위해
금지된 국경을 상징적으로 부정하기 위해
단지 권태를 달래기 위해
저 너머에 가보고 싶다는 충동에 충실하기 위해
국경을 넘는 사람들

총탄을 피해 달아날 자신이 없기 때문에
휠체어에 탄 아들 때문에
손녀를 둘이나 돌보아야 하기 때문에
지상과 천국의 국경이 얼마 남지 않았기 때문에
국경을 넘지 못하는 사람들

옥수수를 구워 팔거나 돼지 껍데기를 튀겨 팔거나
멜론맛 오렌지맛 포도맛 과일빙수를 얼려 팔거나
갓 태어난 강아지새끼를 손에 들고 팔거나
예수가 달린 십자가를 열 개나 메고 다니며 팔거나
그 무엇도 팔 수 없게 되었을 때는
종이컵을 손에 들고 늘어선 차들 사이에 서 있는
사람들

비스듬한 표정으로
국경을 향해 서 있거나 걸어가는 사람들

# 언덕이 요구하는 것

그 도시는 언덕길이 유난히 많았지요
언덕길을 오르내리다 지치면
벤치에 앉아 갈매기들에게 빵을 뜯어 주었어요
갈매기와 비둘기가 싸우는 모습을 지켜보며
바람이 땀을 식혀주기를 기다렸지요
광장의 간디 동상이 지팡이를 짚고 걸어갈 때
그를 따르는 백성이 되어 걸었어요
금지된 소금을 만들러 가고 있는지도 모르지요
가다가 잘생긴 거지를 발견하고 그를 따라 걸었어요
따뜻한 저녁이라도 한 끼 사고 싶었지요
하지만 거지들은 걸어 다니는 걸 별로 좋아하지 않
더군요
언덕이 나오자 모퉁이에 주저앉아버리더군요
언덕이 요구하는 대로 혼자 걷기 시작했어요
언덕은 계속 걷고 싶게 해요
걷다 보면 구불구불한 내장처럼
도시 전체가 출렁거리는 것 같아요
오르막보다는 내리막을 특히 조심해야 돼요

너무 속도를 내다가는 바다에 빠져버릴 수도 있어요
어느새 가로등이 켜지고
언덕을 향한 내 등 뒤로 그림자가 길어져요
언덕이 오래된 성당처럼 느껴질 때
낯선 도시에서의 며칠이
내가 끌고 온 그림자라는 생각이 들 때
문득 뒤를 돌아보고 싶을 때
그 도시의 어스름은 이렇게 속삭였지요

언덕이 요구하는 것은
발끝을 위로 하고 걸으라는 것과
숨가쁜 순간을 몇 번이고 넘기라는 것, 그리고
남기고 온 발자국을 돌아보지 말라는 것

# 등장인물들

그들은 더 이상 무대에 등장하지 않는다
연극이 끝났으므로

분장 인물을 자신보다 더 사랑한 사람들

다리 저는 여자, 순정한 매춘부,
사랑에 빠진 남자, 잔인한 살인청부업자,
교활한 상점 주인에서 천진한 소년에 이르기까지

누구라도 될 수 있고
비로소 아무도 아니게 될 수 있는 곳

무대에서는 널빤지와 걸레도 소품이 된다
그러나 무대 밖에서는
다시 널빤지와 걸레로 돌아가야 한다

연극보다 더 극적인 삶이 벌어지는 뒷골목에서
운명이 흘리고 간 빵가루를 주워 먹으며

때로는 우두커니 서 있는 그들
포충망 속의 나비처럼 파닥거리는 그들

모든 게 연극에 불과하다면
삶은 지퍼백처럼 얼마나 간편할 것인가
하지만 막이 언제 열리고 닫힐지
다음에 누가 등장할지 아무도 알 수 없다

투명한 비닐 속에서
여전히 진지하게 대사를 읊조리는 등장인물들

그러나 그들의 말은 더 이상 흘러나오지 않는다
연극 같은 삶이 끝났으므로

4부

# 잉여의 시간

이곳에서 나는 남아돈다
너의 시간 속에 더 이상 내가 살지 않기에

오후 네 시의 빛이
무너진 집터에 한 살림 차리고 있듯
빛이 남아돌고 날아다니는 민들레 씨앗이 남아돌고
여기저기 돋아나는 풀이 남아돈다

벽 대신 벽이 있던 자리에
천장 대신 천장이 있던 자리에
바닥 대신 바닥이 있던 자리에
지붕 대신 지붕이 있던 자리에
알 수 없는 감정의 살림살이가 늘어간다

잉여의 시간 속으로
예고 없이 흘러드는 기억의 강물 또한 남아돈다

기억으로도 한 채의 집을 이룰 수 있음을

가뭇없이 물 위에 떠다니는 물새 둥지가 말해준다

너무도 많은 내가 강물 위로 떠오르고
두고 온 집이 떠오르고
너의 시간 속에 있던 내가 떠오르는데

이 남아도는 나를 어찌해야 할까
더 이상 너의 시간 속에 살지 않게 된 나를

마흔일곱, 오후 네 시,
주문하지 않았으나 오늘 내게로 배달된 이 시간을

# 흑과 백

흑은 백을 옆구리에 끼고 걸어가다가
담장에 비스듬히 세웠다
사다리가 된 백은 무표정해졌다

흑은 다리를 번쩍 들어 사다리를 오르고
백은 흑의 신발에 묻은 흙을 지금지금 삼켰다
흑이 담장 너머를 바라보는 동안
백은 기어다니는 개미들을 세는 데 열중했다
개미 몇 마리가 사다리를 타고 올라오기도 했다

담장 너머에 무엇이 있어?
그러나 흑은 아무 대답도 하지 않았다

흑은 다시 백을 옆구리에 끼고 걸어가다가
강가에 이르러 백을 물에 띄웠다
뗏목이 된 백은 흑을 태우고 강을 건넜다
백의 등에는 강물이 점점 스며들었다

강 저편에 무엇이 있어?
그러나 흑은 아무 대답도 하지 않았다

강을 건너자 흑은 백을 나무에 비스듬히 세웠다
조금씩 말라가며 백은 표정을 되찾았다
이번에는 사다리가 되지 않았다

우리는 또 어디로 가지?
백이 우리라는 말을 쓴 것은 처음이었다

그러나 흑과 백은 알고 있었다
그들은 회색의 점토가 될 수 없다는 것을
무엇이든 될 수 있지만 결국 아무것도 될 수 없다
는 것을

흑은 다시 백을 옆구리에 끼고 걸어가다가
붉은 벽돌집 앞에 멈추었다
백은 알고 있었다 이번엔 문이 될 차례라는 것을

백은 붉은 벽의 일부가 되었다

흑은 백의 손잡이를 아주 천천히 잡아당겼다

# 조롱의 문제

조롱은 새를 품은 채 날아가고 싶었다
그러나 철망 사이의 공기 함량이 너무 적었다
조롱의 문제는 무거움보다 조밀함에 있었다
가늘고 촘촘한 정신을 두른 조롱은
새의 눈이 어두워지는 동안 조금씩 녹슬어갔다
녹슬어간다는 것은
느리게 진행되는 폭발과도 같아서
붉게 퍼지는 말들이 조롱을 갉아먹었다
조롱은 녹슨 방주처럼 가라앉았다
새가 가진 것은 조롱 속의 허공,
새가 할 수 있는 일은 울음소리를 흘려보내
조롱 안과 밖의 공기를 드나들게 하는 것이었다
닻줄 구멍에서 닻줄을 끌어내듯
하루에도 수십 번씩 날개를 파닥이는 것이었다
물론 조롱에게는 작은 문이 있었다
그러나 문을 열고 닫는 것은 조롱 밖의 권한이었다
물과 모이를 갈아주는 손은
문을 닫고 이내 어디론가 사라졌다

닫힌 문으로 절망은 더 잘 들어왔지만
철망 사이로 스며드는 빛이 그들을 견디게 했다
희박해지는 공기 속에서

# 벽 속으로

어느 날 흰 벽이 찾아왔다

아무것도 걸치지 않은
저 눈동자

돌연한 흰 벽의 시선에
중심을 잃고 기우뚱거리기 시작한다

물렁물렁한 반죽처럼 던져진
수직의 늪

온몸을 휘감아들일 것 같은 흡반과
손에 잡힐 것 같은 밧줄과
당장이라도 밀고 들어올 것 같은 바퀴들로
술렁거리는 벽

그래, 몸의 힘을 빼고
천천히 걸어 들어가는 거야

벽 속으로

저 열린 눈동자 속으로

# 아주 좁은 계단

낡은 벽을 쪼개자
벽과 벽 사이로 아주 좁은 계단이 보인다

시작과 끝을 알 수 없는 이 계단은
거대한 나선계단의 일부일까
소용돌이치는 내면을 감아오르는 덩굴식물처럼

붉은 벽, 쓰러진 나무 그림자
푸른 벽, 서 있는 나무 그림자

벽은 쪼개진 것이 아니라
스스로의 균열로 내파된 것인지 모른다
쓰러진 나무 그림자와 서 있는 나무 그림자 사이
에서

누군가 놓고 간 사과 한 알,
계단을 오른 흔적을 사과로 남겨두는 사람도 있구나
그는 이 자리에 얼마나 앉아 있었을까

어쩌면 아무도 다녀가지 않았는지 모른다
구원처럼
계단 위에서 굴러내린 사과일지도

생각이 멈춘 자리에서 계단도 잠시 숨을 고른다
계단의 끝은 보이지 않는다

일곱 계단 위에 다시 사과 한 알,
빛에 한결 가까워졌다
벽에 갇힌 나무 그림자들로부터 멀어졌다

# 방과 씨방 사이에서

오후 두 시
방은 갑자기 씨방처럼 줄어든다

두 개의 씨앗이 등을 맞대고 있는
방
서로의 숨소리에 놀라 눈을 감게 되는
방

들숨과 날숨 사이에서
수평선과 지평선 사이에서
붉은 꽃과 검은 그림자 사이에서
찰랑거리는 피와 응고된 피 사이에서
누군가 걸어오는 소리와 멀어지는 소리 사이에서
점화와 암전, 환영과 환멸 사이에서

방과 씨방 사이에서
몇 번의 여름과 겨울이 지나고

오후 두 시
씨방은 갑자기 방처럼 늘어난다

강한 빛에서 놓여난 눈동자가 우두커니
창밖을 바라보고
시계는 힘겹게 세 개의 바늘을 돌리기 시작한다

다시 쐐기풀을 짜야 할 시간이다

# 추분 지나고

그가 사라졌다는 것을 어떻게 설명할 수 있을까요

그를 보여줄 수 없지만
그가 없다는 것도 보여줄 수가 없군요

물이 증발한 종이 위의 희미한 얼룩

어둠이 등뼈에 불을 붙이고
등줄기가 타들어가는 소리를 듣고 있어요

눅눅한 생각에서 피어오르는 냄새
벽을 어지럽히는 그을음
금이 간 거울
재채기처럼 쏟아지는 기억
수도꼭지에서 똑 똑 떨어지는 물방울

이제 밤이 길어지리라는 것을 알아요

어둠이 등뼈를 다 태울 때까지
낮도 밤도 없이 길고 긴 잠을 잘 수 있었으면

밤이 지나면
독수리가 간을 쪼러 다시 찾아오겠지만

# 창문성

저 집은 왠지 화가 나 있는 것 같아

저 집은 감미로운 불빛을 가졌군

저 집은 우울한 내면을 좀처럼 드러내지 않지

저 집은 저녁 다섯 시에 가장 아름다워

그녀는 집의 표정을 잘 읽어낸다
창문성이라고 부를 만한 어떤 것이 있다는 듯
집마다 눈으로 창문을 두드린다

풍경을 삼키기도 하고 내뱉기도 하는
내면을 감추기도 하고 들키기도 하는
저 수많은 창문들은
집의 눈빛일까 입술일까 항문일까

물론 그녀는 알고 있다

창문성이 창문의 문제만은 아니라는 것을

창문과 문의 관계, 창문과 벽의 관계, 창문과 지붕
의 관계, 창문과 또 다른 창문의 관계, 창문과 계단의
관계, 창문과 커튼의 관계, 창문과 하늘의 관계, 창문
과 빛의 관계, 창문과 어둠의 관계, 창문과 새의 관
계, 창문과 나무의 관계, 창문과 사람의 관계, 창문과
마을의 관계, 창문과 마음의 관계, 창문과 시간의 관
계, 창문과 창문 자신의 관계, 그것들이 투명한 구멍
의 스크린에 비추어내는 형상이라는 것을

그녀의 산책은 자꾸 길어지고
창문들은 매일 다른 표정을 들려주고
창문 너머 그들은 불현듯 타인의 얼굴로 찾아오고

# 동작의 발견

물방울들은 얼마나 멀리 가는가
새들은 어떻게 점호도 없이 날아오르는가


그러나 그녀의 발은 알고 있다
삶은 도약이 아니라 회전이라는 것을
구멍을 만들며 도는 팽이처럼
결국 돌아오고 또 돌아올 수밖에 없다는 것을


그러나 그녀의 손은 알고 있다
삶은 발명이 아니라 발견에 가깝다는 것을
가슴에 손을 얹고 몇 시간째 서 있으면
어떤 움직임이 문득 손끝에서 시작된다는 것을
동작은 그렇게 발견된다는 것을


동작은 동작을 낳고 동작은 절망을 낳고 절망은 춤
을 낳고 춤은 허공을 낳고
그녀의 몸에서 흘러나온 길이 어디론가 사라지고

그녀는 아는가

돌면서 쓰러지는 팽이의 낙법을

동작의 발견은 그때야 비로소 완성된다는 것을

# 눈먼 집

그 집이 폐허에 가까워진 것은
그리 오래된 일이 아닙니다
주인이 문과 창문을 모두 막아버리고 떠났지요

깨진 유리창 대신
벽돌과 합판과 스티로폼으로 메운 창문들,
지붕이 새기 시작하고
무성해진 풀이 문틈으로 삐져나오고
벽들이 차례대로 썩어갔습니다

마른 벽에 흰 곰팡이
젖은 벽에 검은 곰팡이 피기까지는
그리 오래 걸리지 않았어요

자, 폐허 한 채가 완성되었군요

밤마다 쥐떼를 이끌고 길을 나서는 그 집
하지만 제자리로 돌아오지 못해

다음 날 아침이면 다른 곳에서 발견되곤 하는 그 집

폐허가 걸어다니는 소리를
사람들은 잠결에 듣기도 하지요
폐허가 번져가는 걸 사람들은 좋아하지 않지만
그 집을 열고 들어갈 용기도 없답니다

푸석푸석한 눈동자,
더 이상 아무것도 비추지 않는 눈동자,
폐허는 바로 그 멀어버린 눈동자에서 시작되었지요

# 나를 열어주세요

옆구리에 열쇠구멍이 있을 거예요.
찾아보세요. 예, 거기에
열쇠를 꽂아주세요.
아니면 태엽이라도 감아주세요.
여기 계속 서 있는 건
아무래도 너무 힘든 일이라는 생각이 들어요.
몇 걸음이라도 걸어야 살 것 같아요.
열쇠를 찾을 수 없다고요?
당신의 길고 가느다란 손가락이 있잖아요.
손가락만큼 좋은 열쇠는 드물죠.
때로는 붓이 되기도 하고 칼이 되기도 하는 손,
지문의 소용돌이를
열쇠구멍의 어둠에 가만히 대보세요.
예, 드디어 열렸군요.
이제 구멍 밖으로 걸어갈 수 있겠네요.
태엽을 넉넉히 감아주세요.
염려하지 마세요, 곧 돌아올 테니까.
내 구두에는 스프링이 달려 있어

통, 통, 튀어 올랐다가도 이내 가라앉고 말지요.
혹시 돌아오지 않는다면
눈먼 돌부리에 걸려 넘어진 줄 아세요.
당신의 인형이라는 것도 잊은 채
땅에 코를 박고 허둥거리고 있을지도 몰라요,
다시 일으켜줄 어떤 손을 기다리면서.

# 장미의 또 다른 입구

오늘은 장미 한 송이를 걸어보았습니다
열세 개의 문을 통과했지요
꽤 은밀한 구석이 많은 꽃이더군요
한 잎 한 잎 지날 때마다
고통스러운 향기가 후욱 끼쳐왔습니다
마지막 남은 암술에는
노란 꽃가루들이 곡옥처럼 반짝였습니다
꽃가루 음절들이 만든 문장을
저는 끝내 이해하지 못했습니다만,
그 해독되지 않는 침묵이
장미를 장미로 만드는 원천이라는 것은
어렴풋이 알 수 있었습니다
장미 한 송이를 걷고 난 뒤에도
걷지 않은 길들이 아직 남아 있는 것 같아
손가락들은 흩어진 꽃잎을 만지며
장미의 또 다른 입구를 찾고 있었습니다
누구도 들어간 적 없는 방,
그러나 표정을 잃어버린 장미는

어떤 문도 불빛도 보여주지 않았습니다
이 꽃잎에서 저 꽃잎으로, 또 다른 꽃잎으로,
베인 손가락들은 피 흘리며 서성거릴 뿐이었습니다
장미가 남은 향기를 다 토해낼 때까지

# 내 것이 아닌 그 땅 위에

주춧돌을 어디에 놓을까
여기쯤에 집을 앉히는 게 좋겠군
지붕은 무엇으로 얹을까
벽은 아이보리색이 무난하겠지
저 회화나무가 잘 보이게
남쪽으로 커다란 창을 내야겠어
동백숲으로 이어진 뒤뜰에는 쪽문을 내야지
그 옆엔 자그마한 연못을 팔 거야
곡괭이를 어디 두었더라
돌담에는 마삭줄이나 능소화를 올려야지
앞마당에는 무슨 꽃을 심을까
대문에서 현관까지 자갈을 깔면 어떨까
저 은행나무 그늘에는
나무 의자를 하나 놓아야지
식탁은 둥글고 큼지막한 게 좋겠어

오늘도 집을 짓는다
내 것이 아닌 그 땅 위에, 허공에

생각은 돌담을 넘어
집터 주위를 다람쥐처럼 드나든다
집을 이렇게 앉혀보고 저렇게 앉혀보고
벽돌을 수없이 쌓았다 허물며
마음으로는 백 번도 넘게 그 집에 살아보았다

그러나 내 것이 아닌 그 땅에는
이미 다른 풀과 나무들이 자라고 있지 않은가

# 길을 그리기 위해서는


길을 그리기 위해 나무를 그린 것인지
나무를 그리기 위해 길을 그린 것인지 알 수 없지만

또는 길에 드리운 나무 그림자를 그리기 위해
길을 그린 것인지 알 수 없지만

길과 나무는 서로에게 벽과 바닥이 되어왔네

길에 던져진 초록 그림자,
길은 잎사귀처럼 촘촘한 무늬를 갖게 되고
나무는 제 짐을 내려놓은 듯 무심하게 서 있네

그 평화를 누가 베어낼 수 있을까

그러나 시간의 도끼는
때로 나무를 길 위에 쓰러뜨리나니
파르르 떨리던 잎사귀와 그림자의 비명을
여기 다 적을 수는 없겠네

그가 그린 어떤 길은 벌목의 상처를 지니고 있어
내 발길을 오래 머물게 하네
굽이치며 사라지는 길을 끝까지 따라가게 하네

길을 그리기 위해서는
마음의 지평선을 먼저 생각해야 한다는 것
누군가 까마득히 멀어지는 풍경,
그 쓸쓸한 소실점을 끝까지 바라보아야 한다는 것

나는 한 걸음씩 걸어서 거기 도착하려 하네

# 더 먼 곳에서 돌아오는 말

남 진 우

## 1. 죽음의 나무

흔히 시인들은 시집 첫머리에 자신의 시적 지향이나 세계관을 함축적으로 담은 '서시' 성격의 작품을 배치해두곤 한다. 나희덕의 일곱번째 시집 『말들이 돌아오는 시간』의 제일 앞장에 실린 다음 시도 그런 성격을 띠고 있는 작품으로 보인다.

제 마른 가지 끝은
가늘어질 대로 가늘어졌습니다,
더는 쪼개질 수 없도록.

제게 입김을 불어넣지 마십시오.

당신 옷깃만 스쳐도
저는 피어날까 두렵습니다.
곧 무거워질 잎사귀일랑 주지 마십시오.

나부끼는 황홀 대신
스스로의 棺이 되도록 허락해주십시오.

부디 저를 다시 꽃 피우지는 마십시오.
　　　　　　　　　　——「어떤 나무의 말」 전문

　초월적 존재를 향한 호소와 간구의 형태를 취하고 있는
이 작품은 생명력의 화려한 개화를 지향하는 에로스적 충
동이 아니라 소멸과 쇠락을 향한 음울한 죽음충동을 표출
하고 있다. 한 그루 나무로 설정된 화자는, 가늘어질 대로
가늘어진 마른 가지의 이미지를 통해 더 이상 외계로 뻗어
나가는 운동이 불가능해졌음을 토로한다. 그에게 다시금
새로운 생명의 기운을 불어넣어줄 수도 있는 입김이나 옷
깃 같은 외부의 자극은 오히려 고통을 가중시킬 뿐이다.
그는 잎사귀나 꽃을 피우는 대신 차라리 내부로의 유폐를
꿈꾼다. 주체는 자기 자신으로 퇴각한 채 무감각한 상태,
내적 세계에 봉인된 상태에 머물기를 희망한다.
　이러한 과정의 최종 국면은 스스로 죽은 자의 시신을 담
는 관(棺)이 되고자 하는 것이다. 나무의 남근적 형상은

무언가를 담는 관(管)으로 변주되면서 빈 구멍의 여성적 형상이 된다. 동시에 그 관은 담는 주체와 담기는 대상이 동일하다는 점에서 안과 밖, 주체와 대상의 구분이 사라진, 완벽하게 밀폐된 죽음의 형상을 나타내고 있다. 이처럼 화자는 피어나고 나부끼는 생명의 약동 대신 천천히 고사(枯死)해서 텅 빈 껍데기로 남는 상징적 자살을 택하고지 한다. 그것은 조용하고 완만한 죽음이며 물질적, 육체적 현존을 거부하고 내면으로 끝없이 침잠하는 오랜 여정을 가리킨다. 그런 의미에서 이 시에 그려진 나무는 신화 속에 등장하는 죽음의 나무Totenbaum의 계보를 잇고 있는 존재이다. 그는 살아 있는 상태로 화석이 되었으며 사자(死者)를 영원한 잠으로 인도하는 뗏목—배—교량이다.

감미로운 생명의 유혹을 거부하고 죽음의 부동 상태, 그 영원한 휴식을 갈망하는 이 시에 두드러진 것은 삶의 '덧없음transience'에 대한 감각이다. 소멸이 숙명인 존재에게 "나부끼는 황홀"로 요약되는 과도한 생명의 환희는 부담이나 억압으로 작용할 뿐이다. 화자는 외부외의 교섭을 거절한 채 한사코 자기 안의 차단된 영역, 보호받는 영역 내에 머물고자 한다. 번잡하고 소란스럽고 혐오스러운 삶—세계에 대해 거리를 유지하고 오직 순수한 죽음충동에 헌신하고자 하는 화자의 태도 저변에 단지 견인주의나 금욕주의적 취향을 넘어서는 우울증의 징후가 숨어 있다는 것을 발견하기란 별로 어려운 일이 아니다. 더 이상 쪼개

질 수조차 없이 가늘어진 마른 가지의 형태가 말해주고 있
듯이 화자는 현재 창조적 활동에 필요한 에너지가 고갈돼
있다는 느낌에 빠져 있다. 유기체 특유의 감각과 밀도를
상실한 존재는 실존적 무력감에 직면해 있으며 산 채로 무
덤 속에 들어온 듯한 공허감에 사로잡혀 있다. 차디찬 죽
음의 세계로 접근해가는 화자의 발언은 우울증의 황폐한
내면 공간에 얼어붙어 있는 화자의 무의식을 말해준다.
"곧 무거워질 잎사귀일랑 주지" 말라거나 "부디 저를 다시
꽃 피우지는" 말아달라는 화자의 기도는 단지 의례적 다짐
이나 수사적 호소에 머무는 것이 아니라 자신의 내면에서
일어나는 에로스적 향유에 대한 그 어떤 조짐이나 흔적도
단호히 부인, 통제하겠다는 의지를 담고 있다.

　이렇게 불모성을 지향하는 의식은 역으로 화자의 내면
에 존재하는 강한 에로스적 친화와 생명력 넘치는 세계에
대한 욕망을 암시하는 것이기도 하다. 또한 그것은 그런
마음의 움직임에 대해 화자가 가진 무의식적 불안을 시사
한다. 즉 죽음충동에 매혹을 표명하는 화자의 반리비도적
입장은 에로스적 충동에 몸을 던지려는 욕망의 유령적 분
신이라 할 수 있다. 황홀하게 피어나고 싶고 나부끼고 싶
은 화자의 욕망이 자기 처벌, 자기 단죄의 형태로 회귀했
을 때 위 시의 엄숙하게 고양된 허무주의로 현상한다. 정
작 "당신"의 입김이나 옷깃이 스쳤을 때 자신의 감춰둔 에
로스적 열정이 어떻게 분출할지 몰라 화자는 두려워하고

있다.

　이처럼 죽음충동으로 무장한 주체는 죽음충동으로 위장한 주체이기도 하다. 화자는 모든 향유로부터 자신을 보호하고 싶어 하지만 바로 그러한 태도——일반적인 의미에서의 에로스적 향유를 거절하는 것에서 향유를 누리고 있다. 그녀가 추구하는 '다른 향유'는 나무라는 비극적 대속자의 초상에서 자신을 발견한다. 그 나무는 욕망의 불, 관능의 불, 생명의 불이 서서히 꺼져가는 상황에서 운명이 자신에게 맡긴 배역을 묵묵히 수임하는 존재이다.


## 2. 뿌리 – 뱀 – 뿔

　나희덕의 시에서 무의식이 그려나간 궤적을 살펴보기 위해선 그녀가 자주 사용하는 식물 이미지를 유심히 들여다볼 필요가 있다. 그녀의 데뷔작 제목이 '뿌리에게'라는 것에서 짐작할 수 있듯이 그녀에게 식물 이미지는 아주 각별한 대상이라 할 수 있다. 그러나 그 나무는 주체와 타자가 친밀하게 몸을 뒤섞는 에로스적 세계를 표상하던 존재에서 점차 주체와 타자 사이에 돌이킬 수 없는 거리가 생기고 이러한 분리가 초래한 정신적 외상의 여러 징후들을 대변하는 존재로 그 모습을 달리해서 나타나고 있다. 그에 따라 왕성한 생명력을 과시하던 식물 이미지는 자취를 감추

고 대신 삶의 유실과 소진을 의미하는 나무 이미지가 전면
화되고 있다.

대지에서 움트고 성장하는 식물은 흔히 부활의 생명을
상징해왔다. 이러한 지상적 생명력의 화신인 나무가 그녀
의 최근 시에서 죽음의 화신으로 등장하기까지의 과정을
다음 세 시편의 비교를 통해 알아볼 수 있을 것이다. 「뿌
리에게」(『뿌리에게』, 창비, 1991), 「가을이었다」(『사라진
손바닥』, 문학과지성사, 2004), 「뿌리로부터」(『말들이 돌아
오는 시간』, 문학과지성사, 2014), 이 세 작품은 대략 10년
의 간격을 두고 발간된 시집에 실려 있는 시들로서 연륜의
깊이와 더불어 조금씩 변화해온 시인의 정신세계를 드러내
고 있다.


　1) 깊은 곳에서 네가 나의 뿌리였을 때
　　　나는 막 갈구어진 연한 흙이어서
　　　너를 잘 기억할 수 있다
　　　네 숨결 처음 대이던 그 자리에 더운 김이 오르고
　　　밝은 피 뽑아 네게 흘려보내며 즐거움에 떨던
　　　아 나의 사랑을

　　　먼 우물 앞에서도 목마르던 나의 뿌리여
　　　나를 뚫고 오르렴,
　　　눈부셔 잘 부서지는 살이니

내 밝은 피에 즐겁게 발 적시며 뻗어가려무나

—「뿌리에게」 부분

2) 가을이었다. 뱀이 울고 있었다. 덤불 속에서 뱀이 울고 있었다. 방울소리 같기도 하고 새소리 같기도 한 울음소리. 아닐 거야. 뱀이 어떻게 울겠어. 뒤돌아서면 등 뒤에서 뱀이 울었다. 내가 덤불 속에 있는 것인가. 뱀이 내 속에서 울고 있는 것인가. 가을이었다. 뱀이 울고 있었다. 덤불에 가려 뱀은 보이지 않았다. 덤불은 말라가며 질겨지고 있었다. 그는 어쩌자고 내게 말을 거는 것일까. 산길을 내려오는데 울음소리가 내내 나를 따라왔다. 뱀은 여전히 덤불 속에 있었다. 가을이었다. 아무하고도 말을 주고받을 수 없는 가을이었다. 다음날에도 산에 올랐다. 뱀이 울고 있었다. 덤불 속을 들여다보면 그쳤다 뒤돌아서면 다시 들리는 울음소리. 덤불이 앙상해질 무렵 뱀은 사라졌다. 낯선 산 아래서 지낸 첫 가을이었다.

—「가을이었다」 전문

3) 한때 나는 뿌리의 신도였지만
이제는 뿌리보다 줄기를 믿는 편이다

줄기보다는 가지를,

가지보다는 가지에 매달린 잎을,
잎보다는 하염없이 지는 꽃잎을 믿는 편이다

희박해진다는 것
언제라도 흩날릴 준비가 되어 있다는 것

뿌리로부터 멀어질수록
가지 끝의 이파리가 위태롭게 파닥이고
당신에게로 가는 길이 조금씩 보이기 시작한다

당신은 뿌리로부터 달아나는 데 얼마나 걸렸는지?
　　　　　　　　　　　　　　　　　──「뿌리로부터」 부분


　나희덕의 초기 시 세계를 집약하고 있는 1)은 "연한
흙"으로 설정된 화자의 입을 통해 대지와 식물의 부드럽고
도 은밀한 친화에 대해 말하고 있다. 대지는 "착한 그릇"
이 되어 식물이 자랄 수 있는 존재의 터전이 되어주며 "밝
은 피"라고 표현된 수분을 공급해 그 식물이 성장하도록
돕는다. 이 어머니 대지는 심지어 "나를 뚫고 오르렴"이라
고 말함으로써 자기 파괴, 자기 소멸까지 불사하는 가없는
포용력을 보여준다. 식물의 뿌리가 땅속 저 깊은 곳으로
뻗어나가고 푸른 줄기가 햇살에 반짝일 수 있는 것은 전적
으로 피를 뽑아주고 살이 부서지는 것을 감수한 흙의 이러

한 자발적 희생 덕분이다. 물론 그 희생에 일방적으로 고통만 주어지는 것은 아니다. "즐거움에 떤"다거나 "어리석고도 은밀한 기쁨을 가졌"노라는 고백에서 알 수 있듯이 흙의 절대적인 헌신 이면엔 서로 다른 존재가 교감과 합일을 통해 누리는 관능적 향유가 숨어 있다. 식물의 성장과 더불어 "단단해지는" 대지의 살이 다시금 "어느 산비탈 연한 흙"으로 일구어지는 신생의 순간을 맛이할 수 있는 것은 이처럼 흙과 뿌리 사이의 길고도 지속적인 사랑이 빚어내는 상호 순환의 운동에서 기인한다. 대지가 식물을 품고 길러내듯 식물은 다시 흙에 생명을 불어넣는다. 숨결이 뒤섞이고 피가 삼투하는 역동적 과정은 무기물과 유기체 사이의 거리가 무화되고 개별자가 만유(萬有)와 구분되지 않는 천진한 미분화 상태를 구현한다.

이러한 시인의 상상력에서 우리가 볼 수 있는 것은 충만성의 환상이다. 대지의 수고로운 노동은 흙과 식물 사이의 긴밀한 유대를 낳는다. 모자지간인 동시에 연인 사이이기도 한 이들은 "깊은 곳"에서 서로 감싸고 뻗어나가며, 흘려보내고 마시며, 상대방의 몸이 곧 자기 존재의 뿌리인 시간을 살고 있다. 역으로 그들은 서로에게 "빈 그릇"이 되어주는 존재, 목마른 타자에게 물을 대주는 먼우물이기도 하다. 뿌리가 목마른 것 만큼이나 연한 흙 역시 뿌리를 목말라 하고 있는 것이다. 이는 다시 대지 위로 뚫고 오르는 줄기의 상승 운동이 실은 지하로 뻗어 내려가는 뿌리의 하강 운동과 다르지 않다는 상상력과 연결된다. 식물이 솟아오르고 뻗어 내려가며 공간적 확장을 하는 동안 대지는 갈구어진 연한 흙에서 단단해진 살로, 다시 산비탈의 연한 흙으로 시간적 순환을 거듭한다. 따라서 이 시의 화자가 사랑 고백의 형태를 빌려 전하고 있는 충만성의 환상은 타자 앞에 자신을 개방하는 존재의 무한한 수용성을 전제로 하고 있다. 연한 흙에 뿌리내린 식물은 유아기의 공생적 어머니에게 안긴 아기 이미지를 환기하는 동시에 자신이 속한 세계 전체를 새롭게 하는 탐색자의 모습을 하고 있다.

이처럼 「뿌리에게」는 개별적 존재와 세계 사이의 상호 교류와 부단한 생성의 궤적을 보여주고 있다. 하지만 최근으로 올수록 이 시인의 나무 이미지는 이와 상반되는 성향을 드러낸다. 모성이나 생명사상과 관련지어 주로 이야기되어온 시인의 상상력은 더 이상 연하고 부드러운 수용성의 공간으로 인도되지 않고 어둡고 공허한 소멸의 공간으로 치닫는 편향성을 보이고 있다. 1)에서 어머니와 그녀의 젖먹이 아이처럼 천진한 미분화 관계를 유지했던 대지와 식물은 2)에서 완전히 모습을 감추고 점차 불모성으로 경도되는 자연 풍경을 보여준다. 이 시는 가을이라는 시간적 배경이 말해주듯이 모든 것이 조락과 소멸로 이끌리는 운동성을 보여주고 있다. 1)에서 "푸른 줄기 솟아 햇살에 반짝이"던 나무는 2)에서 "말라가며 질겨지고 있"는 덤불로 변해 있다. 생명의 푸르름을 상실한 나무는 앙상해지면서 그 존재성을 박탈당해가고 있다. 따라서 화자가 환청 속에서 듣는 뱀의 울음소리는 말라 죽어가는 덤불이 내는 소리이기도 하다. 그 소리는 모든 죽어가는 존재, 시들어 가는 존재가 살아 있는 화자에게 타전하는 은밀한 신호에 다름 아니다.

표면적으로 2)에는 뿌리 이미지가 등장하지 않고 있다. 식물의 뿌리가 일반적으로 대지 아래 숨어 있듯 이 시엔 뿌리가 가시적 지평 위로 드러나 있지 않다. 대신 그 뿌리 는 다른 형태로 시에 현전한다. 상상력의 비약이 조금이 나마 허락된다면, 이 시인의 데뷔작에 나왔던 뿌리가 이 시 에선 뱀 이미지로 변신해 출현했다고 할 수 있다. 바슐라 르에 따르면 뱀은 모든 동물 가운데 가장 대지적인 동물로 서 "식물계와 동물계를 잇는 연결선"이다. 즉 뱀이 동물화 된 뿌리라면 뿌리는 식물화된 뱀이다. 식물의 뿌리처럼 뱀 은 지하의 어둠 속, 망자들의 왕국에 거주하는 주민이다. 그의 느린 움직임은 어두운 지하세계의 내면적 광대함을 말해준다. 이렇게 본다면 2)에서 뱀이 우는 소리는 뿌리 가 우는 소리, 가을이 깊어갈수록 점차 앙상해져가는 덤불 의 뿌리가 지하의 어둠 속에서 사행(蛇行)하며 내는 소리 로 받아들여도 될 것이다. 보이지 않으면서 여전히 덤불 속에 있는 뱀은 바로 그 덤불의 뿌리, 덤불이란 존재의 근 거가 되어주는 출발점이자 회귀점이다. 그런 점에서 2)에 서 뿌리의 매복은 여러 겹의 차원에 걸쳐져 있다. 뿌리는 뱀이라는 전혀 다른 종으로 변신해 시에 숨어 있으며 보이지 않는 그 뱀—뿌리는 소리로서 겨우 자신의 존재를 알려오다가 그마저 이윽고 완전히 사라져버리고 마는 것이다. 뱀은 보이지 않는 세계 저편에서 울고 있으며 화자는 세계 이편에서 그 소리에 어떻게 응답해야 될지 몰라 망설이고 있다. 뱀의 사라짐은 대지의 심층으로의 잠행이, 내밀성에 대한 충만한 환상이 더 이상 가능하지 않은 세계 속에 화자가 버려졌음을 나타낸다. 서로 사랑하고, 배려하고, 성숙해가는 존재들, 그 존재들 간의 자연스러운 친화와 소통이 허락되는 세계, 이 모든 것이 점차 종말을 고하고 있다. 이 시에서 말라가며 질겨지는 덤불은 사계절의 순환과 그에 따른 생명의 부활을 예고하지 않고 모든 유기체의 활동과 신진대사가 멈춰버린 후 광대한 침묵과 부동 상태로 수렴되어가는 과정을 가리켜 보인다.

　2)는 "가을이었다"라는 구절의 반복이 암시하듯이 인생의 가을에 들어선 화자가 느낀 감회를 극화한 작품이다. 그 뱀/덤불은 천천히 다가오는 죽음을, 그 소멸의 슬픔을 향유하고 있다. 청춘기를 지나 완만하게 자신을 확장해가던 존재도 어느 순간 서서히 자진(自盡)하면서 무화해가는 여정을 밟지 않을 도리가 없다. 따라서 뱀의 울음소리는 자신의 죽음을 예고하고 이를 미리 애도하는 울음소리이며 어머니인 대지와의 근원적인 접촉을 상실한 지상의 존재가 내는 애통의 소리이다.

3)이 보여주는 것은 이처럼 대지로부터 탈주한 존재가 상승의 극점에서 느끼는 비탄의 감정이다. 화자는 자신이 한때 "뿌리의 신도"였지만 지금은 "뿌리보다 줄기를 믿는"다고 말한다. 뿌리로부터 온 존재가 어느 순간 자신을 뿌리로부터 부단히 도망치는 존재로 상상하게 된 데에는 삶/죽음에 대한 전도된 시각이 자리 잡고 있다. 그는 삶으로부터, 근원으로부터, 모성으로부터 달아나는 자이다. 지하의 생명력을 나타내던 뿌리는 땅속에 수동적으로 묻혀 있는 존재가 아니라 능동적으로 파고드는 존재였다. 그 뿌리는 머나먼 과거로, 깊은 심층으로 뻗어내려가며 죽음의 영지에서 환한 생명을 길어내었다. 그러나 대지의 자력에 끌려 내려가는 뿌리와 달리 허공으로 수직 상승하는 길을 택한 줄기는 오히려 그러한 생명을 향한 운동의 끝에서 "하염없이" "회박해"지고 "흩날리"는 소멸의 운명 앞에 당도한다. 지하의 뿌리 대신 지상의 줄기와 가지와 잎과 꽃잎으로 현전한 나무는 무한히 텅 빈 허공 속으로 자신을 투신하는 존재가 된다. "뿌리는 신비한 나무인즉, 지하의 나무, 뒤집힌 나무다"라는 바슐라르의 명제를 다시 뒤집어 이야기한다면 지상의 나무, 무한 허공을 향해 상승하는 나무는 뒤집힌 뿌리라고 할 수 있다. 허공에서 길을 잃고 방황하는 줄기와 가지는 바로 "밝은 피"를 제공해주는 모성적 대지와 단절된 채 시들어가는 뿌리라고 할 수 있다. 그래서 그 뿌리는 허공을 달려나가는 뿔, 불교의 오래된 경

전에 나오는, 그물에 걸리지 않는 바람처럼 자유롭게 질주하기를 꿈꾸는 무소의 뿔이 된다. 한때 뱀으로 은밀히 변장해서 출현한 뿌리는 여기선 다시 뿔이라는 동물적 존재의 일부로 변신해서 공공연하게 자신의 현존을 주장하고 있다. 그러나 그 뿌리─뿔은 유기체 특유의 생명력과 유연성을 잃어버린 채 시들어가고 쇠락해가는 단계를 밟아나간다.

시인은 이처럼 식물적 이미지에 흔히 수반되는 근원회귀, 뿌리로의 돌아감이라는 연상의 궤적을 따라가지 않고 정반대되는 충동을 향해 몸을 던진 존재의 비극을 투시해 보여주고 있다. 그것은 유한한 인간 조건에 포박된 피조물이 감내할 수밖에 없는 숙명에 대한 경건한 드러냄인 동시에 그것에 적극적으로 헌신하고자 하는 욕망의 표출이다. 즉 뿌리─뿔로 표상되는 헐벗음·메마름·사라짐에 대한 시인의 매혹──시인 자신이 한 산문에서 마른 열매에 비유한 건조의 방식──저편엔 존재의 석화와 무화가 궁극적으로 초래할 죽음에 대한 욕망이 가로놓여 있다. 그는 축축한 생명력과 타성적 현존 대신 생명의 물기가 다 빠져나간 다음의 건조한, 방부 처리된, 사후의 평안을 그린다. 그가 "당신"이라는, 한때 지상적이었지만 이제는 초월적 위치에 올라가버린 청자를 향해 건네는 말에는 체념과 달관, 안타까움과 허허로움이 공존하고 있다.

### 3. 느린 죽음의 시간

지금까지 살펴보았듯이 나희덕의 시에서 식물 이미지는 근원회귀의 상상력을 추구하는 것이 아니라 그와 대극적인 방향, 즉 허공으로의 가뭇없는 사라짐을 꿈꾸는 방향으로 전개돼왔다. 위로의 상승은 성장의 당연한 귀결이지만 나무에게 구원이나 해방을 가져다주는 것이 아니라 불모의 차가운 세계에 직면케 하며 자기 존재의 근원과의 격절을 가져온다. 그런 의미에서 허공에서 서서히 말라 죽어가는 나무줄기는 시인이 무의식 속에서 치르는 자기 처벌의 한 양식이라 볼 수 있다. 자기만의 내적 세계에 유폐된 채 주체는 느린 죽음의 시간을 살고 있다. 그것은 한 정신분석 학자의 표현을 빌리면 "도달할 수 없는 먼 거리에서 사랑의 상실을 애도하는 삶"(크리스테바, 「부성, 사랑, 그리고 추방」)이다. 외상적 사건에 직면해서 자기 자신을 공물 offering로 바치는 검은 미사를 치르고 있다는 점에서 그녀의 시는 우울증의 징후를 띠고 있다. 사랑하는 대상을 상실한 주체는 상시적으로 병리적 애도 상태에 처하게 된다.

이러한 유기 우울증abandonment depression에는 대상 상실의 비탄과 자기 홀로 버려지고 남겨졌다는 것에 대한 공포가 뒤섞여 있다. 우리는 이번 시집 곳곳에서 리비도가 부여된 대상을 포기하는 느리고 고통스러운 과정을 거쳐 상실한 타자를 떠나 보내는 심리적 여정을 그린 시편들을 발견하게 된다. 특히 2부에 실린 상당수 시편들은 교통사고를 당해 세상을 하직한 "너"라는 존재에 대한 애도를 연작의 형태에 담고 있다.

> 너는 잔에 남은 붉은 포도주를
> 도로에 다 쏟아버렸다
>
> 몇 방울의 피가 가로수에 섞이고
> 유리조각들이 아침 햇살에 다시 부서졌다
> 빛의 쐐기들이 눈에 박혔다
>
> 핏자국마다 이슬이 섞여
> 잠시 네가 뭐라고 말하는 것 같았다
> 오래전 너와 함께 듣던 종소리가 들리는 것 같았다
>
> 마른 풀 위로 난 바퀴 자국,
> 황급히 생을 이탈한 곡선이 화인처럼 찍힌 아침
> ──「그날 아침」 부분

　황급히 생을 이탈한, 아마도 근친으로 여겨지는 존재에 대한 시인의 애도는 교통사고 현장을 확인하고, 유품을 인도받고, 시체보관소를 찾아가고, 고인이 살던 집을 방문하고, 묘비명에 쓸 구절을 생각하는 일련의 과정을 통해 거듭 반복 재생된다. 화자는 사라진 대상에 중독돼 있으며 상실한 대상의 방어적 이상화에 골몰해 있다. 교통사고 현장에 난 핏자국을 묘사하며 "너는 잔에 남은 붉은 포도주를/도로에 다 쏟아버렸다"라고 표현한 것은 사자를 제단에 바쳐진 희생양으로 본 상상의 결과이다. 피가 동물성 포도주라면 그의 피흘림은 대지에 바치는 헌주라 할 수 있다. 시체보관소의 침대에 누운 사자의 몸을 만져보며 "피부란 얼마나 깊은 것인가"(「피부의 깊이」)라고 말할 때 화자의 비탄은 도저히 접근할 수 없는 삶과 죽음 사이의 먼 거리, 그 깊은 심연에 대해 언급하고 있는 것이다. 이러한 접근 불가능성은 주체를 텅 비게 만들며 끝없는 정서적 허기 상태에 몰아넣는다. 이들 애도 시편은 상실과 고독의 바다를 항해하는 영적 오디세이의 노래로서 나/타자의 융합 상태에서 떨어져나온 주체의 '상처 입은 홀로 있음'의 느낌을 증언한다. 그것은 다음 구절이 의미하듯 고통스러운 순수 고독의 지점, 존재의 무화 지점으로 수축되는 내면의 움직임을 보여준다.

새소리가 나를 일으키지 못하고
눈부신 햇살도 유리벽을 뚫고 들어오지 못하는
지금 여기는 어디일까

난파된 배처럼 가라앉는 방

거기 춥지 않아? …… 어둡지 않아? …… 무섭지 않아?

성에 낀 유리벽을 향해 하염없이 중얼거렸어
까마득한 곁에 누운 너를 향해

　　　　　　　　　　——「불투명한 유리벽」 부분


　교통사고 당시 산산조각 난 차량의 유리 조각은 단단한
유리벽이 되어 삶과 죽음, 나와 타자 사이에 자리 잡는다.
그 벽은, 이번 시집에서 다채롭게 변주되듯이, "수평으로
된 수직"이며 "통로인 동시에 장벽"(「국경의 기울기」)으로
서 쪼개지는 순간 "열린 눈동자"(「벽 속으로」)나 "시작과
끝을 알 수 없는" 계단(「아주 좁은 계단」)이 나타나기도
한다. 그 벽은 견고한 차단·유폐·봉인의 상징이지만 한순
간에 균열이 가거나 내파되어 다른 세상을 향해 열린 틈을
제공하기도 하는 것이다. 죽은 자는 살아 있을 때보다 더
강력하게 주체의 내면의 심층에 자리 잡고서 그녀의 영혼
을 혼란에 빠트리기도 하고 실존적 무력감에 직면하게 하
기도 한다. 그러나 이런 과정을 통해서만 그녀는 간신히
힘겹게 홀로 있을 수 있는 능력the capacity to be alone
을 회복할 수 있게 된다. 혈육의 죽음을 노래한 이들 시편
외에도 이 시집에 실린 많은 시들이 타인의 죽음이 초래한

슬픔을 기리고 있다. 「식물적인 죽음」처럼 개인적으로 친분이 있던 시인의 죽음을 추모한 시도 있고 「아홉번째 파도」처럼 정치사회적으로 큰 파장을 남긴 사건에 대한 감회를 담은 시도 있다. 살아남는다는 것은 어쩔 수 없이 애도 대상에 대한 점착성의 리비도를 점진적으로 철수하는 과정이지만 거기엔 죄의식과 자기 처벌 욕망이 뒤따른다.

그러기에 시인은 「추분 지나고」라는 시에서 "그가 사라졌다는 것을 어떻게 설명할 수 있을까요/그를 보여줄 수 없지만/그가 없다는 것도 보여줄 수가 없군요"라고 말한다. 이어지는 시행에서 화자는 사랑하는 사람을 상실한 고통을 "어둠이 등뼈에 불을 붙이고/등줄기가 타들어가는 소리를 듣고 있어요"라고 표현하고 있다. 밤이 지나고 아침이 지난다고 그 고통이 사라지는 것은 아니다. "밤이 지나면/독수리가 간을 쪼러 다시 찾아오겠지만"이라는 구절이 말해주듯 그는 프로메테우스가 겪은 내밀한 고통을 끝없이 반복해서 겪어야 한다. 자기애적 상처에 대한 극도의 민감성에서 벗어나 상실을 살아내는 법을 배우는 과정은 이처럼 프로메테우스의 열정과 수난을 되풀이하는 과정이다. 대상의 상실이 남겨놓은 공백을 아물게 하는 사랑의 운동이 비로소 시작되는 것은 바로 이 지점에서이다.

## 4. 섬모와 섬모가 닿았던 감촉

분리와 분열을 극복하고 통일성과 전체성을 찾고자 하는 화자의 욕망은 주위에 펼쳐진 사물이나 스쳐 지나가는 사건에서 사랑의 미세한 징후를 포착해낸다. 자기 파괴적인 애도와 우울증이라는 정체되고 폐쇄적인 심리 상태에 갇혀 있는 주체에게 타자를 향해 자신을 여는 순간이 찾아든다. 사랑할 수 있다는 것은 일종의 능력이며 그런 능력의 회복은 힘든 노력에 의해서만 간혹 달성될 수 있는 것이다. 고갈된 에너지와 정서적 허기에 처해 있던 주체 앞에 친밀성과 충만성의 환상을 떠올리게 하는 광경이 펼쳐진다. 상대적으로 드물기는 하지만 이 시집에서도 공허와 무(無)를 향해 달려가는 정서와 대극적인 방향으로 움직이는 상상력의 변증법을 보여주는 시편을 만나기란 어렵지 않다. 타자의 부재가 남긴 공백을 채우는 부드러운 에로스의 운동이 다시 시작된다.

흙과 물기가 닿는 곳이라면 어디든지
풀의 신경계는 뻗어간다

바람이 스치기만 해도
풀은 풀과 흔들리고 풀은 풀을 넘어 달리고 매달리고

풀은 물결기계처럼 돌아가기 시작한다
더 이상 흔들릴 수 없을 때까지

풀의 신경섬유는 자주 뒤엉키지만
서로를 삼키지는 않는다
다른 몸도 자기 몸이었다는 듯 휘거나 휘감아들인다
가느나란 혀끝으로 다른 혀를 찾고 있다
　　　　　　　　　　　——「풀의 신경계」 부분

　무한 상승 도중에 허공에서 길을 잃어버리는 나무의 형
상과 달리 위 시에서 풀의 부드러운 운동이 보여주는 것은
끝없는 생산과 자가 번식의 풍경이다. 풀들은 뒤엉키고 휘
감으면서 소용돌이를 이루며 퍼져나간다. 다시 바슐라르
를 끌어들이자면 풀은 제아무리 똑바로 서 있다 하더라도
멀리서 보면 수평으로 펼친 선을 형성한다. 이 풀의 수평/
수직 운동이 지닌 유구한 의미에 대해선 한국 현대시사만
더듬어보더라도 이미 숱한 탐구의 선례를 만날 수 있다.
나무의 수직적 단일성을 배반하는 풀의 수평적 확산은 대
지를 에로스의 물결이 흘러넘치는 열정적인 생성의 공간으
로 만든다. 나와 타자가 공생하는 이 공간은 시인의 데뷔
작 「뿌리에게」를 다시금 상기시키면서 타나토스의 세계에
서 에로스의 기쁨을 탈환하기 위한 존재의 분투를 잘 보여
주고 있다. 물론 이 시의 결구 "풀은 너무 멀리 간다/더

이상 서로를 만질 수 없을 때까지"가 말해주듯이 풀의 수평적 확산 역시 종국엔 분리와 유기의 타나토스적 영역에 도달하지 않을 수 없다. 그러나 풀의 운동이 보여주는 친밀성과 충만성의 환영적 진실은 그 자체로 깊은 의미를 지니고 있다.

이러한 식물의 에로스적 결합보다 더 눈물겨운 결합을 보여주는 것으로 아메바의 움직임을 들 수 있다. 시인의 시에서 뿌리로 상징되는 식물적 근원회귀의 이미지가 상대적으로 퇴색한 것과 달리 다음 시는 동물적 근원회귀라 할 수 있는 이미지를 보여주고 있다. 경직되고 단절된 뿌리나 고목의 가지와 달리 아메바의 섬모는 부드럽게 헤엄치면서 서로를 끌어안는다.

> 손보다는 섬모가 좋다
> 인간다움이 제거된 부드러운 털이 좋다
> 둥글고 잘 휘어지는 등이 좋다
> 구불구불 헤엄치는 무정형의 등이 좋다
> 휩쓸고 지나가도 아무런 흔적을 남기지 않는
> 온순한 맨발이 좋다
> ──「한 아메바가 다른 아메바를」부분

"한 아메바가 다른 아메바를 끌어안았던 태고,/그 저녁의 온기를 기억해낸 것뿐이다/섬모와 섬모가 닿았던 감촉을 다시 느끼고 싶었을 뿐이다"라는 구절에서 말하고 있듯이 삶 속에는 태고의 신비가 드러나는 많은 기적의 순간이 숨어 있다. 그것은 진화론적 도식에 입각해서 보자면 퇴행이지만 거대한 존재의 연쇄가 빚어내는 생명의 질서라는 관점에서 보자면 충분히 감동적인 장면이다. 그래서 "물에서 뭍으로 옮겨 오기까지" 오랜 시간을 거쳤지만 지금도 우리 인간은 "팔과 나리가 없어도/시느러미가 시느러미를 만지던 걸 기억"(「당신과 물고기」)할 수 있다. 하등한 원생동물에서 고등한 영장류에 이르기까지 삶은 우연이 빚어낸 아름다운 만남과 사랑의 장면으로 가득 차 있다.

예를 들어 「휠체어와 춤을」에서 화자는 춤을 출 수 있는 형편이 못 되는, 휠체어에 앉은 사람에게 춤을 청한다. 휠체어에 탄 채로 최선을 다해 춤을 추는 그의 감동적인 모습은 "차라리 울음에 가까웠"다. 화자는 자신과 그가 어울려 빚어내는 춤의 동작에 대해 "찢어진 땅을 꿰매는 풀처럼/갈라진 파도를 합치는 바람처럼/한 움직임이 다른 움직임을 데려왔"다고 말한다. 또 다른 시 「그러나 밤이 오고 있다」에서 도로변에 누워 잠을 청하는 여자 노숙자는 "하나밖에 없는 담요"로 개를 감싸주며 그 개를 안고서 잠을 청한다. "잠든 개를 천천히 쓰다듬는다/이 온기가 남아 있는 동안은 견딜 만하다고 중얼거리"는 그녀의 모습에서 소외되고 버림받은 존재들의 슬픈 유대를 읽어낼 수 있다. 그러나 이번 시집에서 가장 감동적인 사랑의 풍경을 만날

수 있는 작품을 고르라고 한다면 아마도 다음 시가 될 것
이다.

> 잠시 후 한 남자가 들어왔고
> 치킨샐러드를 먹던 남자는 훌쩍거리기 시작했다
> 울다 웃다 울다 웃다
> 두 남자는 마침내 끌어안고 키스를 길게 나누었다
> 남자의 혀와 남자의 혀가 엉기는 동안
> 침과 침이 섞여드는 동안
> 그들의 입속에서 밀려다니고 있을
> 닭가슴살과 양상추와 파프리카와 콘플레이크,
> 누르스름한 머스터드 소스,
> 서로의 혀와 팔에서 풀려난 그들은
> 남은 치킨샐러드를 먹어치웠고
> 정작 먹먹해진 것은 체스판 이쪽의 관찰자였다
> ──「밤 열한 시의 치킨샐러드」부분

　늦은 저녁 시간 낯선 이국 도시의 패스트푸드점에서 조
우하게 된 이 사랑의 장면은 동성애자라는 사회적 소수자
인 두 인물이 빚어내는 애틋하면서도 간절한 순간에 대한
담백한 소묘로 이루어져 있다. 이 순간 두 사람은 "혀끝으
로 다른 혀를 찾고" 있는 풀이며 "섬모와 섬모가 닿았던
감촉을 다시 느끼고 싶어" 하는 아메바이다. 그들의 입속

에서 떠다니는 음식물 만큼이나 그들의 사랑은 맑고 투명한 것이 아니라 하염없이 조야하게 질척거리며 지속될 것이다. 밤 열한 시를 가리키는 벽시계의 시침과 분침이 겹쳐졌다 분리되는 것처럼 두 사람의 키스는 덧없으면서도 더없이 숭고한 삶의 진실을 상연하고 있다.


## 5. 도래하는 말

그는 사랑한 것이 아니라

어느 날 찾아온 목소리를 들었을 뿐이다

—「한 아메바가 다른 아메바를」 부분


결국 사랑이란 어느 날 찾아온 목소리를 듣는 것이며 거기에 응답하는 것이다. 말을 넘어서는 세계의 현존 앞에서 시인은 "자꾸 말을 더듬고/매순간 다르게 발음하는 의성어들이 끓어오르"(「풀의 신경계」)지만 어쨌든 최선을 다해 말을 하는 것을, 말을 계속하는 것을 그만둘 수 없다. 목구멍에서 아무런 소리도 새어나오지 않는, "말이 말이 아니"게 되어버린 세상에서도 "끝내 하지 못한 말은 별처럼 박혀 있을"(「상처 입은 혀」) 것이다. 왜냐하면 시인은 "무언가, 아직 오직 않는 것"(「무언가 부족한 저녁」)을 기다리는 존재이기 때문이다. 아직 오지 않은 그 무엇은 바로 어

느 날 그를 찾아올 목소리이며 궁극적으로 그가 쓰고자 하
는 한 편의 시일 것이다.

> 말들이 돌아오고 있다
> 물방울을 흩뿌리며 모래알을 일으키며
> 바다 저편에서 세계 저편에서
>
> 흰 갈기와 검은 발굽이
> 시간의 등을 후려치는 채찍처럼
> 밀려오고 부서지고 밀려오고 부서지고 밀려오고
>
> [……]
>
> 지금은 말들이 돌아오는 시간
> 수만의 말들이 돌아와 한 마리 말이 되어 사라지는 시간
> 흰 물거품으로 허공에 흩어지는 시간
>
> ──「말들이 돌아오는 시간」 부분

이 시의 화자가 기다리는 말은 당연히 말[馬]인 동시에
말(언어)이다. 아마도 인어공주로 여겨지는 화자는 지금
죽음으로부터, 무의 바다로부터 귀환한 언어를 기다리고
있다. 시 쓰기란 한때 그 안에 존재했으며 그로부터 출발
한 언어를 다시 세계로부터 돌려받는 과정이다. 동시에 그

과정은 역으로 자기 안으로 밀려들어온 세상의 말들을 다시 한 마리 말로 풀어내는 과정이기도 하다. 존재의 시원인 바다에서 시인이 만나는 무수한 말들과 그가 내보낸 한 마리 말, 이들의 상호순환적인 움직임은 "흰 물거품으로 허공에 흩어지는 시간"이란 구절이 말해주듯 무의 허공으로 사라지는, 자신의 전 존재를 건 도약을 의미한다. 이처럼 시인은 자신을 재현해줄 수 있는 기표의 도래를 무한히 예감하며 기다리는 존재이다. 중요한 것은 무에서, 무로부터 다시 시작하려는 의지이다.

진화의 축을 거슬러 아직도 "아가미와 지느러미의 시절을"(「당신과 물고기」) 기억하고 있는 그녀는 "새―여자"이자 "물고기―여자"(「들리지 않는 노래」)이다. 무한 허공을 향해 마른 가지를 뻗는 나무에서 저 무의 바다 앞에 선 여인의 노래에 이르기까지 이 시집에 수록된 시편에서 흘러나오는 목소리에는 "죽음이 만져지는 순간"의 "차갑고 축축하고 부드러운 질감"(「진흙의 사람」)이 숨어 있다. 삶의 어떤 단계에 도달하면 죽은 자들과 함께 사는 시기가 도래한다. 죽은 자들의 고요한 침묵과 평화를 교란하지 않고서 그들을 삶의 공간으로 불러내는 일이 과연 가능할까. 나희덕의 시는 그 지점을 향해 조용히 한없이 다가가고 있다. ▨